推開中國的另外一扇窗

推開中國的另外一扇窗

——海外隨筆集

閻連科

香港城市大學出版社
City University of Hong Kong Press

剪紙：尚愛蘭

©2020 香港城市大學

本書版權受香港及國際知識版權法例保護。除獲香港城市大學書面
允許外，不得在任何地區，以任何方式，任何媒介或網絡，任何文
字翻印、仿製、數碼化或轉載、播送本書文字或圖表。

國際統一書號：978-962-937-564-5

出版
　　　　香港城市大學出版社
　　　　香港九龍達之路
　　　　香港城市大學
　　　　網址：www.cityu.edu.hk/upress
　　　　電郵：upress@cityu.edu.hk

©2020 City University of Hong Kong

Opening the Door of China:
Yan Lianke's Collected Overseas Writings
(in traditional Chinese characters)

ISBN: 978-962-937-564-5

Published by
　　　　City University of Hong Kong Press
　　　　Tat Chee Avenue
　　　　Kowloon, Hong Kong
　　　　Website: www.cityu.edu.hk/upress
　　　　E-mail: upress@cityu.edu.hk

Printed in Hong Kong

目　錄

選集總序

憤恨於自己的寫作與人生

經常懷疑自己的寫作，就是一場尷尬的文學存在。

因為這尷尬是文學與人生中的「一場」，想既是一場，就必有結束或消失的時候。不怕消失，如同任何人都要面對死亡樣。然而結束卻遲遲不來，是這種尷尬無休無止——這才是最大的尷尬、驚恐和死亡。

香港城市大學出版社，願意出版這套包括我剛剛完成、也從未打算「給予他人審讀」的最新長篇小說《心經》在內的九冊「閻連科海外作品選集」（小說卷 6 冊、演說散文卷 3 冊），讓我感到他們朝殘行者伸去的一雙攙扶的手。可也讓我在恍惚中猛然驚醒到：「你已經有九本在你母語最多的人群被禁止或直接不予出版的書了嗎？！」這個數字使我驚愕與悵然。使我重新堅定地去說那句話：「被禁的並不等於是好書，一切都要回歸到文學的審美和思考上。」然而我也常呢呢喃喃想，在大陸數十年的當代文學中，一個作家一生的寫作，每本書都毫無爭議、出版順利，是不

是也是一個問題呢？我總以為，中國的開放，永遠是關着一扇窗，開着另外一扇窗；一切歷史的變動，都是在嘗試把哪扇窗子開的再大些，哪扇關的再小些。永遠的出版有問題，但如我這麼多地「被禁止」、「被爭論」，自然也是要駐足反省的寫作吧。

文學能不能超越歷史、現實和那兩扇誰關誰開，關多少、開多少，乃或都關、都開的窗子呢？

當然能。

也必須！

只是自己還沒有。或者你如何努力都沒達到。我並不願意人們用良知和道德去看待我的寫作和言說，一如魯迅倘使還活着，聽到我們說他是「戰士」、是「匕首」，會不會有一種無言之哀傷？「閻連科海外選集」自然是集合了我較為豐富寫作中的「某一類」。這一類，對「外」則是親近、單調的，對「內」則是尖銳卻無法閱讀體味的。但無論如何說，它也是一個作家的側影吧。面對這一側影的呈現和構塑，我異常感謝城大出版社每一位為這套叢書付出心血的人 —— 他們是真正懷有良知的人。而至於我，面對這套書，則更多是尷尬、憂傷和憤恨。

尷尬於自己寫作的尷尬之存在。

憂傷於這種尷尬何時才是一個結束期。

而憤恨，則是憤恨自己深知超越的可能與必然，卻是無論如何都沒有達到那處境界地；而且還如一個溺水的人，愈是掙扎想要超越水面游出來，卻愈要深深地沉溺墜下去。

憤恨於自己的寫作和人生，又無力超越或逃離，又不甘就這樣沉溺下去。這就是我今天的人生狀況和寫作狀況吧。除了哀，別無可言說了。

閻連科
2019 年 11 月 29 日於香港科技大學

喪家犬的一年

　　習俗讓思想變得頑固，一如晚霞可以把黃昏帶來一樣。離開故土三十餘年，我都無法認同新的一年是從元月一日開始的。而農曆的春節，在我，那才是真正新一年的開端。因為 2011 年對我的黑暗，彷彿停電的隧道於我的幽深之暗長，所以，對 2012 年春節的盼望，讓我想起青年時期對婚姻的渴望。上一年，先是從英國留學回來的孩子，因為不是中國的共產黨員，幾乎無法報考中國任何國家機關的公務員和其他理想的工作，而大學、碩士都是學法律的他，又堅信在中國要有所作為，必先要從國家機關的公務員做起。這讓我想起他在讀大學時幾次想要入黨，都被我婉言的笑拒：「難道人一輩子非要是一個黨員嗎？」憶起這件事情，我時常覺得面對兒子命運開端的遭際，我這個做父親的真應該在那個黨派的面前跪求下來，希望它給那些不是黨員的孩子在工作上予以和青年黨員就業相同的機遇和可能。至少，也再給那些非黨員的孩子們，再多開幾扇就業的門窗。接下來，是我用二十年構思和用二年寫作完成的長篇新作《四書》，如同旅行一樣，投遞、送審了近

二十家出版機構，結果一律被退稿拒絕，理由幾乎如出一轍：《四書》如果可以問世，出版社就有可能在中國逝世。我非常理解這樣的出版現狀，儘管我明白《四書》在我一生的寫作和中國文學中突兀非凡的意義，但還是讓我對《四書》的不能出版，懷着長久的愧歉和不願、又不得不接受的現實糾結。與此同時到來的，是我家房子因為北京發展修路的拆遷。那樣一個急風暴雨的強拆，如同戰爭對一片莊稼、草地、蟲蟻的不屑。沒有人給你看一份需要拆遷的政府文件；沒有人告訴你修公路究竟要佔多少小區的土地；也沒有人與你和言商談應該如何賠償的相關事宜。不管你家房子大小，也不管你家買房、修房時用去了多少錢款，所謂的拆遷補償，一律是一戶人家 50 萬元人民幣，因為你「配合」了政府的拆遷，再獎勵你 70 萬元。這 120 萬元，是個不小的數字，可面對今天北京的房價，它也就是高檔戶區中一個廁所的房款。被拆遷的居民，為此和拆遷人員爭吵、抵抗，誓死捍衞自己的家園和尊嚴。可是，在去年 7 月的清晨，人們還在沉睡之中，小區的圍牆被上百個拆遷隊的漢子突然推倒，當你睜開眼睛時，你的家已經不再在小區之內，而和過往稠密的馬路連在了一起。隨之而來的，是拆遷隊和居民們的扯拉與撕鬥，是有老人被送進醫院救治的殘酷消息；是你家被偷、他家失物的接連與頻發。就連我家，也遇到了一次窗子被撬，一次被人入室

偷竊的「特殊待遇」。報案就像小學生報告老師他丟了鉛筆一樣毫無意義。也不相信偷者是真的盜賊，無非是讓你不能安寧地生活而儘早同意拆遷的一種精妙的舉措。拆遷與被拆遷，就這麼生生僵持，對抗了五個多月，終於政府和拆遷人員向居民們最後下達了不可理喻的荒謬通牒，以那些房子不知道是誰建、又不知誰住的可笑為依據，定其為「違章建築」，將於上年 11 月 30 日為最末的期限，不搬者就一律強行拆除。那一天，居民們憤恨惱怒，家家做好了「人在房在，人亡房亡」的誓死準備。就在這種你死我活的情勢中，我斗膽以一個作家的名譽，給中國的最高領導人胡錦濤總書記和溫家寶總理寫了一封公開的告急信，發在中國的新浪和騰訊微博上，希望萬萬不可在北京首都發生這樣的強拆流血事件；希望政府不要和百姓在拆遷中做這種貓與老鼠的開心遊戲。心裏知道，國家領導就是有慧眼八百，也無法看到那樣一封告急的信件，可也總是期冀着通過成為中國民眼民耳的微博，在那極端事件中暴風雨式的點擊和傳播，從而引來地方政府在拆遷中的警覺與注意。可其結果，那樣一封有史以來一個作家給總書記的第一封求救告急信，在轉瞬間傳遍全國之後，卻像一個響屁放在了空曠的原野。一天的平靜之後，到了 12 月 2 日的凌晨 5 點多，我的鄰居陳先生家裏，突然有幾個頭戴鋼盔、身着統一「特勤」制服的男女，威風凜冽，破窗而入，

把他從床上一吼驚起。在他不同意拆遷的答覆後，就被強行帶走關了起來。而後是快速地清出他家的大件家具，趕在天亮之前就用大型機械把他家的房屋夷為平地，變為了一片廢墟。陳先生後來說，在他被從家裏帶出時，一出門就看見有二百多個特勤人員，各個頭戴鋼盔，把他家的房屋團團圍住時，其實已經預示了弱者在強者面前、百姓在權力面前理抗的結局。所以，之後幾天的抗鬧和到北京市政府的集體冤訴，其實都是一場抗拆敗局的尾聲。如此，三十多戶居民在 12 月不得不同意的拆遷，成為了我一年間人生黑洞最為陰冷暗黑的終結。這讓我相信，一個作家，一個百姓，在現實中的尊嚴，就像一條狗在饑餓時向主人的哀求。法律如隨斷隨扔的草繩。作為公民能夠攥在手中的權利，宛若能夠攥在手中的空氣。我真的想哭！甚至有時會突發奇想，能夠讓我在北京的繁華地帶如長安街、王府井和天安門廣場上痛哭一場，那該是我多麼榮幸的一樁事情。

人就像狗一樣活在這個社會裏。

我就像螻蟻一樣生活在現實中。能夠在小說裏汪汪吠叫成了我的理想，而且又總是渴望把那狗吠的叫聲轉化為藝術美妙的音樂。這種畸形的生活和有些畸形的文學追求，讓我活着並讓我活得時有自信而又總是氣餒無奈，也因此在過度的精神疲憊中，渴望離開 2011 年的北京，回

到 2012 年老家春節母親的身邊，同那塊鄉村土地上的親人們廝守一起，借他們淳樸的體溫，來溫暖自己在斷電隧道中周身的寒冷、不安和驚恐。今年回老家過年，整整十天，除了必走必串的親戚外，我沒有告訴老家周邊的任何朋友。春節期間，沒有離開過母親和哥嫂半步。一天到晚都同已經八十歲的母親呆在一塊，都同已經退休在家的哥嫂和侄女們呆在同一房屋。我們說笑、聊天、憶舊、打牌，不談工作、不談寫作、不談生活中的任何遭遇和困境，就像大家一切都好，萬事如意般，忘記了過去，疏忽了生活的黑暗，只看見眼前一片的光明和濃烈的親情。連續幾日，一家人都圍着電視，看那日益媚俗的連續劇和春節晚會，雖然媚俗和庸常，親情卻使我彷彿回到了母親的子宮，感到了從未有過的平靜、溫暖和沒有焦慮的安全。大年三十吃着餃子的時候，母親把她碗裏的純肉餃子夾到我的碗裏，在她滿是白髮遮掩的臉頰上，映着由衷的滿足和快樂，說這個社會是真的富了、好極了，吃到純肉的水餃和當年貧窮時能夠吃到野菜樣；哥哥是老郵遞員，給人送報送信，騎了半生的自行車，退休之後，在我稿酬的幫助下，買了一輛捷達轎車，初二拉着我去山裏的親戚家裏走串時，問我說現在所有人都對政府憤恨在心，可日子又這麼富足美好，為什麼還都不能滿足呢？兩個姐姐是道地的農民，初三回娘家看望母親時，覺得電視上播的歌頌清

朝皇帝廉明親民的連續劇《新還珠格格》委實好看並藝術，因此也希望我能夠那樣寫作，名利同在，只要寫出一部，就算真正給家人、親人臉上掙得了光亮和榮耀。初六是鄉村正月的黃道吉日，這一天我告別人們與家鄉，不得不返回北京時，所有的親人都來為我送行、道安、說吉祥。母親是每次離別都要流淚的，這一次仍然是淚水漣漣，默默無語，直到當我離開那一刻，她才含淚趴在我耳朵上說：「在外邊，多和當官的人好，不要和人家過不去。」離開之後，哥哥也發給我一個短信說：「因為過年，什麼都沒給你說，你要記住，和誰過不去都別和政府、國家過不去。」回北京，我是開車返回的，因為家鄉的變化，高速公路就修在我家不遠處，因為那兒有一個高速公路交叉口，大姐的孩子怕我走錯路，一直把我送到高速公路的入口處。分手時，他很靦腆地告訴我，說他母親讓他轉告我，回到北京要多注意身體，少寫些東西，實在想寫了，就寫那些歌頌政府和國家的，別年齡越大變得越發固執和傻氣。我對外甥笑着很承諾地點了一下頭，說回去告訴你外婆、舅舅和母親們，都不用替我煩操那份心，說我活得很好，寫作很好，為人也很好，除了皺紋和白髮，什麼事情都不會發生在我身上。

　　就走了。

開車上了高速路，可開着開着時，莫名地有淚流出來，止不住地想要哭一場。不知道為了誰，就是想要嚎啕大聲地哭一場。便把車停在路邊上，讓淚水橫七豎八地流，撲簌簌在獨自無言的臉頰和內心，直到淚盡止乾，才又開着汽車朝北京的方向奔回來，如一條失家迷路的狗，在高速公路斷電的隧道中，惘然焦慮地喘息和奔跑。

2012 年 1 月 31 日

`

國家失記

一

2012 年 3 月，我在香港相遇瑞典教授、漢學家 Torbjörn Lodén 先生，他告訴我說，他在香港的城市大學短期教書，面對教室中的 40 個中國留學生，他問他們：「你們知道中國的『六四』和劉賓雁與方勵之先生嗎？」那些來自中國大陸的學生們，面面相覷，一片啞然。於此同時，我想起香港的另一位老師告訴我，有次她問來自中國大陸的學生們：「你們聽說過在那場所謂的三年自然災害中，中國餓死了三千萬到四千萬的百姓嗎？」她的這個問題，讓那些學生們不禁啞然，而且面帶驚愕的疑懷，彷彿這位香港教師，正在講台上公然編造中國的歷史，攻擊他們正在日漸崛起的祖國。彼此談完這些事情，我和 Torbjörn Lodén 先生坐在一家安靜的越南餐廳，長久相望，不能聲言。自此之後，那個早被人們私下議論的中國問題 —— 國家性遺忘，便如楔子樣楔入我的頭腦和骨血的縫

隙，時時憶起，都會隱隱聽到體內淌血的聲息，都會有與國家遺忘相關的一連串的問題，馬隊般踏着記憶的血道，狂奔着來到我自責的廣場：

那些出生在八〇、九〇年代，而今都是二十至三十歲的中國的孩子們，是否真的成了遺忘的一代？是誰在讓他們遺忘？他們被遺忘的方法是什麼？我們這些有着記憶的長輩，應該為他們遺忘承擔些什麼責任？

清理這些問題的時候，感覺遺忘的稱謂，在中國應該被稱為「失記」。因為遺忘更多的是讓記憶拋棄過去和歷史，而失記，則包含着「對現實與歷史選擇的拋去和留存」。是的，正是這個失記的境況，在我的國家，讓新一代的孩子們，成了「有選擇記憶的植物人」。歷史和現實，過去與今天，都在失記和被失記中，使一代人整齊、乾淨、力求不留痕跡的遺忘着。失記和遺忘、真相與失憶，每天都在備受關注的一些語言、文字、頭腦中發生着衝撞和爭奪。我們一直以為，歷史與人類的記憶，最終會戰勝暫時的忘怯，而回到良知的真相中。而事實上，事情卻恰恰相反。在今天的中國，失記已經戰勝了記憶，虛假已經戰勝了真相，臆造早就成為了歷史和邏輯連接的鏈條和接口，就連今天剛剛目睹發生的事情，也在以驚人的速度，被選擇性失記所拋棄，只剩下一些真假難辨的碎片，殘留在社會、生活和人們的頭腦中。

二

必須承認，四九年之後，革命和被革命一直席捲着這個泱泱大國。革命在創造政權，創造歷史，創造現實。而記憶和被記憶，自然失記和被迫性失記，都在國家有選擇的失與記的範疇中，成為一種革命的選擇與手段，被有序漸進地推進和實施。封建歷史的一切，因為都是封建的，帝王將相的，當然就不再提他了。辛亥革命也已經遙遠了，把孫中山的名字留下來，而與這個名字相關、無關的重大事件和歷史之細節，也都從史書和教科書中有選擇地刪去着。就是今天還活着的中國老人都還歷歷在目的軍閥混戰、抗日戰爭，共有哪些黨派、軍隊、志士在前線抗日流血和犧牲，也都被有選擇地記住和遺忘。這一關於失記的行為，是一種國家性策略，及至到了後來，這個國家在以一個人的熱情，帶動着整個民族沸騰的建設中，最早以運動延續戰爭，以革命替代生產的發生在 1951 至 1952 年的「三反五反」（反貪污、反浪費、反官僚主義和反行賄，反偷稅漏稅，反盜騙國家財產、反偷工減料、反官僚主義），因為它為 1957 民族災難的「反右」清理奠定了實踐基礎，因此，關於它和那場直到今天想來都還讓人不寒而慄的「反右」運動，都被強制地從人們記憶的庫房移向了失記的倉庫。而後的大躍進、大煉鋼鐵與隨之而來的遍及

整個中國、有數字統計餓死三到四千萬人的所謂「三年自然災害」，以及讓整個世界都隨之起舞的十年「文革」，都因其荒誕、殘酷、廣眾和令整個人類為之驚震與啞然，因此而不敢、不能、也不願再去還原這一舊有的惡貌，讓孩子們的記憶中有着歷史的真相。延續到中國的改革開放之後，和越南那場無謂的戰爭，無論中國或越南陣亡了多少士兵和死去多少無謂的生命，也都隻字不再去提了。發生在 1983 年的那場「嚴打」，所謂法律，就是權力的上牙和下牙的一次敲碰，因此有多少人在街頭親吻，而被當作流氓送進了監獄，有多少人因窮盜物而人頭落地，也不再回頭追問了。

當然，1989 年夏天那場讓整個世界到今天都還記憶猶新的「六四」學生運動，當它以槍聲、流血和流亡作為尾聲時，世界上所有記憶的展台上，都還鮮擺着事件的真相和細節，可卻在它所發生的國度，人們和孩子們，都在經濟高速發展，國力快速強盛的歡呼中，對它感着陌生了，大體忘怯了。還有什麼呢？還有今天所發生的一切，爆發在九十年代中期的面際之廣、人數之眾讓人無法查考、因賣血而起的愛滋病；黑煤窯、黑磚窯隔三錯五的瓦斯爆炸和大塌方；毒餃子、毒奶粉、毒雞蛋、毒海鮮、地溝油和遍佈甚廣的含有嚴重致癌物的青菜、水果和昨天計劃生育中的暴流產，今天城市、鄉村無處不在的強拆和對上訪人

員惡截的不法與無禮，如此等等，現實中所有有損國家形象與權力機制的負面事件，都會迅速因國家失記而成為昨日之煙塵，在一切報紙、雜誌、電視、網絡和可有文字記憶的地方通過刪去、禁言的方式，達到失記和忘卻的目的。

失記不是所有人的病症和意志之特徵，而是國家管理的策略和社會制度的一種必然。其最有效的途徑，就是在意識形態中實行禁言的政策與方法；通過權力的控制，割斷一切可以延續記憶的渠道，如史書、教材、文學和一切文藝的表現與表演。這些並不是哪個國家的獨創和獨有，世界上凡是集權的國家，或是某一集權的歷史階段，無不是採用這種權力對語言的壓迫，從而使那些記憶良好的知識分子們，首先沉默和失記，漸次地再在統治的時間中，把失記擴展到民間、基層和百姓的生活裏。因此，當下一代對此一無所知後，這種強制性失記就大功告成了。

歷史就被完美地重新改寫了。

三

強制性失記，是一種強漢對弱女的姦淫，其強漢的暴行，其實了無新意，一如某種動物對自己領地的捍衞。沒有這種捍衞，也就沒有那種動物的生存和生命。而集權

之所以會在意識形態中採用對歷史和現實的強制性失記，也正是集權對集權的鞏固之必須。然在今天的中國，問題並不能簡單、籠統地歸咎為國家與權力，還要去質問那些在強制性失記中心甘情願的知識分子們。他們甘願漸次地失去記憶，而最終達到權力所需的完全的忘記，這才是中國知識分子與其他國家、民族和歷史最大的不同。以作家而言，前蘇聯的白色恐怖，其目的也是為了集權、獨裁而採取著「文字獄」的遺忘之法，可結果，在那兒卻產生了布爾加科夫（Mikhail Bulgakov）、索贊尼辛（Alexander Solzhenitsyn）、巴斯特納克（Boris Pasternnak）和雷巴科夫（Anatoly Rybakov）等等一大批的作家和作品。他們的寫作，與其說是對權力、制度的抵抗，倒不如說是對記憶、遺忘的修復和療救。昆德拉（Milan Kundera）的《笑忘書》（*The Book of Laughter and Forgetting*），是直接探討強權對他的國家和民族記憶的傷害和剝奪；匈牙利作家雅歌塔•克里斯多夫（Ágota Kristóf）的《惡童三部曲》（*The Notebook, The Proof, The Third Lie: Three Novels*），則把民族最黑暗的記憶，拉至一切有著陽光照曬的地段去。凡此種種，不一而足。而中國——今天的中國，已經決非三十幾年前的那個如今日之北韓樣的國度，一切通向光明的門扉、窗口都是關閉、鎖死的。今天的中國，一扇窗子（經

濟）是向世界開放的，而另一扇（政治）則因權力對其社會、人們的管理之需要，是關閉或窮力關閉的——問題就在這兒。與記憶、遺忘相關的中國式的國家性失記的特性，就在這半開半閉的窗妙裏。

首先，在強有力的意識形態籠罩下，那半開的窗口是被意識形態籠罩監督的。沒有人可以監督國家的意識形態，而國家的意識形態卻無時、無處不在監督着知識分子每個人的口與筆。其次，因為那打開的一扇窗子有陽光透進來，世界之風之光也無可阻地進來了。可以讓人感受到改革、開放和開明了。法律在記憶和遺忘中沒有具體意義，幾乎形同虛設，它既不保護言論自由、新聞自由、出版自由和作家想像的自由，也不保護那些不願失去記憶的人們有記憶的權力。一切都寄希望領導人的開明和道德之情操。而這已經打開的窗口和門扉，與其說是知識分子的思考換來的，不如說是權力在開明時候恩賜的。一如長久關閉在黑暗監獄中的人，已經給你打開了一扇透光通氣的窗戶後，難道你還有權力要求獄門大開嗎？於是，有選擇的記憶，就在這打開的窗口進出流動着；必須的失記，就永遠封閉在了那扇關閉的窗戶後。這就是今天中國的作家和知識分子們，甘願在規定可選擇的記憶中寫作和被迫性失記中沉默忘記的環境與根由。心甘情願，是一種智者的集體妥協，是群體記憶放棄後的相互理解與彼此心照不宣的認同——今天已經有我呼吸的空氣了，也就不需要再為

明天的春日清風去做無謂犧牲了。第三，對失記的默認與贊同，還源自這個國家的富裕和獎懲。贊同失記的，無論你是作家、教授還是歷史學家、社會學家，只要你只看到只讓你看到的，不去看那不讓你看到的；只要你只去謳歌那需要謳歌的，不去描繪那需要遺忘、失記的；只要你的想像只去想像權力、歷史、現實需要你虛構、加工、創造想像的，而不要把想像的翅膀延伸到必須遮掩、失記的土地和天空中，那麼，就把權力、榮譽、金錢全都獎給你。反之，就把疏冷、禁止獎給你。在這個國家裏，金錢有一種無可比擬的強大和力量，它可以讓雙唇緊閉，讓筆水枯乾，讓文學想像的翅膀，借助金錢的力量，飛向反真實和良知的方向。然後，再以藝術和藝術家的名譽，堂而皇之地完成歷史遺忘中的虛構和現實假像那有磚有瓦的華麗重建。在這兒，真相被埋藏了；良知被閹割了；語言被權力和金錢輪奸了。而被權力駕空的時間，日復一日，年復一年，在幫助着國家性失記的完成；也在生養、培育着每個人的習慣性失記和對懷疑的懷疑。懷疑者總是受到懲罰，而甘願相信虛假、虛偽與虛構的人，不懷疑黑色的下邊原有耀眼底白的人，他們把所有的獎勵都收入囊中了。於是，國家性失記的歷史之工程，也就大業告罄了。

在中國式的國家性遺忘、失記的策略中，強制性是全世界共性的相通，妥協性與獎勵性則是今天中國現實的獨特。三十多年前，中國對記憶者不肯失記採取的是繩索、

鐵鍊的高壓和強制；而今天，這個富裕的國家，靈活而大方的運用着他大把大把的金錢，採取獎勵的方法，使你在記憶中妥協和放棄。在中國，就文學藝術而言，沒有一家民間或個人組織的國家獎項。幾乎所有的評比和獎勵，都是黨和國家的。所以，所有的文學、藝術、新聞和文化獎，也都是在失記和規定可選擇的記憶中運作進行的。不是說這些獎項是絕對的不公與不合理，而是說，它允許你在規定可選擇的範圍內創作、創造和想像。只要在這可選擇的範圍內，你有成就了，自然可以獲得各種的榮譽與獎項。

四

最近，瑞典作家、詩人埃斯普馬克 (Kjell Espmark) 正在中國出版他的七卷本長篇小說《失憶的時代》(*Glömskans tid*)。其中第一卷的名字就叫《失憶》(*Glömskan*)，寫了主人翁對他前半生包括愛情在內的一個人記憶的全面丟失和尋找。這是一部獨特而奇妙的小說，探討了個人記憶的來源和無來源。它與中國式的失記所不同的是，中國式失記是一種國家行為，是國家權力對它的人民管理之策略，丟失的是民族的歷史和記憶，荒誕的現實和未來，而個人獲得的是金錢、權力和榮譽；是用自己的失記去領得一份

誘人動心的換取物。《失憶》在中國的出版——是中國式失記的寓言和預言。是一個國家性失記在個人身上的表現和延續。我們在失記的過程中，首先丟失的是歷史中的民族記憶；然後再丟掉現實中的一切真相；第三步，每一個有記憶的中國人，就都該像《失憶》中的「我」一樣，失去自己對自己生平的記憶、對情人的記憶、對恩愛仇怨的記憶、對歡樂苦惱的記憶。讓大腦中記憶的區域，成為一張潔淨的白紙，等待着社會、權力依照他們的需要，重新去告訴你歷史是什麼樣子，社會是什麼樣子，你和你的過去是什麼樣子。

國家、權力和社會，渴望他們管理的人民——每個區域、階層和環境中的人，智商都如三至五歲的幼兒。他們希望對一個國家的管理，如同幼稚園中老師對孩子們的管教，讓他們吃了就吃，讓他們睡了就睡，讓他們娛樂了，他們就面帶天真、純淨的笑容，舉着頭大的紅花，在別人寫好的腳本上，投入自己的感情進行歌唱和表演。要達到這樣的目的，就只能讓有記憶的人失記，讓能表達的人沉默，讓成長中的下一代，腦子潔淨如洗，如同一張等待隨意塗鴉的白紙。然後，一個國家就有可能成為一個巨大的幼稚園，成為等待重新開墾並隨意沙漠或種植的處女地。然而，如同幼稚園中總有叛逆的孩子，總希望自己想做什麼就做些什麼，而不是老師讓做什麼，才去做些什麼。在

這個國家，也一樣如此，總是還有那些不願失記的知識分子和作家們，他們總在爭取自己的發聲，爭取讓自己想像的翅膀，沿着靈魂、良知和藝術的途徑，飛越規定可以創作的區域，到任何歷史與現實的角落，創造出承載記憶的作品來。

記憶不是衡量一部作品好壞的唯一標準，但卻是衡量一個國家、一個黨派、一個民族真正成熟的最有效的尺度。為此，我總是抱着一個作家天真的幻想，延續着當年中國老作家巴金先生的記憶之夢——不僅在中國建一個文革紀念館（其實，今天連這個建館的建議也沒人再提了）——中國已經改革開放了三十餘年，它該成熟了、完善了，該有着巨大的包容、自省、記憶能力了。那麼，就在世界上最為闊大、遊人最多的北京天安門廣場上，建一座「民族失記碑」，刻寫下我們國家自某一歷史時期以來的全部傷痛與記憶，如反右、大躍進、三年饑荒、十年文革及八九年的學生運動等，凡此種種的民族之災難，都記刻在最為醒目的廣場上，告訴所有的國人與世人，我們的民族是完善的、成熟的，敢於記憶的。

因此，它才真正是偉大的、可敬的，敢為世人榜樣的。

於 2013 年 2 月 10 日 中國春節

釣魚島：讓理性成為社會的脊樑

　　面對今天中日領土問題的喧囂和糾紛，這段時間我完全停止了寫作，每天都在關注可能到來的更多渠道的新聞。

　　我百想千問，那個「扯不斷、理還亂」的島嶼，它怎麼會成為一個人人懷抱不放的火球呢？誰能把這個火球的烈焰熄滅呢？誰能讓政治家們把這個火球放置一邊，坐下來喝一杯涼茶，平心靜氣地談話呢？

　　我渴望聽到更加理性的分析和聲音。當然，也渴望看到作為知識分子的作家們對此的看法和言論。

　　讀了村上春樹先生〈劣質酒的醉態〉這篇適時之文，和他在耶路撒冷獲獎時發表的「關於雞蛋和石頭我站在雞蛋一邊」的那篇莊重的感言一樣，這篇文章使人感慨，使人對他產生一種超越於文學的敬重。於此之間，在中國還看到大江健三郎先生對目前關於中日領土問題的看法和論談，同樣讓人一如既往地對這位至尊長者的敬重倍至倍加。

　　村上春樹寫道，進入國民感情的領域，「就像喝了劣質酒一樣」，「劣質酒不過幾倍就能把人灌醉，讓你頭腦充

血，嗓門變大，動作粗暴起來……，不過喧鬧過後到了第二天早上，就只剩下頭痛欲裂而已。」

日本作家可以率先對關乎中日兩國命運同時又命若琴弦的東亞局勢發表明洞而理性的見解，這是他們令人敬重的作為知識分子的人格和寫作者的不凡，相比之下，我作為一個中國作家，就顯得遲鈍和麻木，自愧弗如了。

「作為亞洲作家和日本作家，」村上春樹寫道，他很擔心最近的這些爭端「會嚴重破壞我們（在不斷深入的文化交流與對亞洲鄰居們的理解方面）穩步取得的成果」。

我非常明白村上先生說的東亞地區文化、文學圈建立的不易和艱辛。然而，文化、文學在歷史與現實面前總是顯得那麼弱小，不禁風吹，不堪一擊。自史而起，每次兩國與領土相關風波的到來，文學與文化都會首先受到衝擊和傷害。我常常感慨，在世界上很多國家和民族的特殊與特定的時期裏，需要文化、文學拋頭露面時，文化與文學會如高高掛起的燈籠樣招搖且醒目，而到了「不合時宜」時，這些燈籠就會被首先摘取下來，置放於無人的角落。

我一次次地祈禱，什麼事情你們都在以你們的意志發生着，但千萬、千萬，別以你們的意志發生那些又一次生靈塗炭的槍聲和炮擊！中日之間那二戰的教訓，直到今天都還血紅在每個沒有色盲的人們和世界上所有擁有溫柔、敏感的心靈中。

「我們都是人類，」2009 年，村上春樹在以色列發表了那篇有力的耶路撒冷文學獎領獎詞中說：「超越國籍、種族和宗教，我們都只是一枚面對體制高牆的脆弱雞蛋。無論怎麼看，我們都毫無勝算。牆實在是太高、太堅硬，也太過冷酷了。戰勝它的唯一可能，只來自於我們全心相信每個靈魂都是獨一無二的，只來自於我們全心相信靈魂彼此融合，所能產生的溫暖。」

我非常贊同村上春樹的說法。戰爭實在是太為可怕的災難，對於廣大民眾和最為普通的人們，戰爭沒有所謂的輸贏。一旦有了戰爭的發生，作為百姓的民眾，永遠是必就的輸家。死亡和墳墓，是戰爭留給普通人必就的歸宿。在戰爭面前，我們所有人都是脆弱的蛋。

這個時候，理性的聲音是多麼的珍貴和重要。如果中國、日本、南韓等東亞國家的知識分子都可以站出來理性地說話，而不是發洩憤恨和情緒，不是冷眼旁觀和隔岸觀火，也許可以讓人們的情緒稍稍冷落下來，可以給那些因為領土或藉故領土之爭而激憤的人們端去一杯涼茶──我是多麼可以體會一個作家或知識分子在龐雜社會中的幼弱和無力──可如果我們努力這樣去做了，那也是知識分子或作家們的一用之處。

說到村上春樹與其他日本作家的書在中國的書店因為當前時局被書店下架的事，我是看了這篇文章才驚異得知

的。前天，我和福島香織女士（日本自由撰稿人）在萬聖書苑見面，那家書店的日本文學都還如往日一樣擺在那兒。

但我相信，村上說的事情，一定在中國有所發生。中國很大，中國眾多的人每天都生活在焦慮之中，連他們自己都無法說清他們為什麼焦慮、為誰而焦慮。這種焦慮，總是在煎熬中等待一個排泄的窗口和渠道。也正是這樣，才會發生那些在遊行中不光令你們、也令我們感到羞愧的打砸之事。不過，我作為一個中國作家，一邊痛恨那些打砸者，一邊又總是理解他們內心的無奈和居多時候的無助。

所以，就是有的書店把一部分日本書籍從書架上下架，我心裏知道這種荒唐和不該，但又多少理解那些書店人員的某種擔憂。「在今天的中國，什麼事情都可以發生！」我總是從文學的角度去這樣講說，又總是在自己心裏，會有些無奈的苦笑和眼淚。

對於領土、政治和軍事，說心裏話，我幾乎是個白癡。但對於中國的、亞洲的和世界文學與文化的愛，我的虔誠一定超越那些一味、一味傾心或藉故深愛國土面積的人。

作為一個中國作家，我是多麼渴望，讓政治歸政治，讓文化歸文化。政治動盪時，千萬不要首先掐息文化與文學這根讓世界各國人們心靈相牽的血脈和藤蔓。說到底，

文化與文學是人類存在的最為深層的根鬚，是中、日兩國和東亞地區人們彼此相愛的根本的脈管。

　　一個國家，一個民族，當文化、文學被冷落、泯滅時，面積還有意義嗎？

2012 年 10 月 10 日

疏於記憶的豬

控制記憶不是一樁新鮮的玩意。

一切專制的權力，對久遠統治的惡好與貪求，都將通過對人的記憶之控制——透過對記憶的刪節、篡改與挪用謊言的填補來完成。統治者渴望被統治者成為一頭疏於記憶的豬，頭腦中的記憶只有冷暖與饑飽的感受，而沒有實在、真相和人對歷史與現實的有效思考。從而，權力對人的統治，就成了主人與圈豬的關係：給你吃飽和睡暖，那是一種偉大的恩賜。因為偉大，奴僕的記憶就永遠停留在主子所給予的食物與衣物的感恩與戴德上。也因此，真實的記憶對於吃飽了的豬，就變得可有可無和毫無意義。而之後新生的記憶，於疏於記憶的豬而言，僅還有主子與奴僕、主人與圈豬的那種記憶的新關係：即便有一天饑餓與寒冷的日日載載，對豬來説，那也本是一種命運的必然，而不是高貴的人或主人的過錯。當然，在豬的一邊，倘使有了吃飽與睡暖的可能，又有了一身肥美的鮮膘，幸福如實現了共產主義，即便前面等待你的是屠宰的殺刀和煮沸的開水，還有高貴的人的餐桌，而你——那頭疏於記憶的

豬，對自己如何成為了豬並走向被屠宰的命運之尾末，卻也會因為不愛記憶而感到一種必然與活該的順從，而不會有絲毫反抗與改變的努力。

關於記憶，在中國的早先，上世紀之四九年後的三十年間，是絕對的權力讓人必須、必定成為吃不飽而又不敢反抗的豬。在那圈欄、饑餓、棍棒和屠刀之下，所有的記憶都通過運動的恐怖和對語言的控制 —— 宣傳、教育、新聞、言論等，對一切可以刺激人的記憶的手段，都加以恐怖下的刪改與謊言，從而使人的記憶減少、改變至空白之後，而形成一種新的記憶，如同讓圈欄裏的豬，在饑餓與棍棒中，獲得骨肉活着而大腦已死的和對圈欄命運的完全之認同。而今，中國發生了巨大的變化。權力對記憶的管控，則是讓饑餓和棍棒之下的瘦弱的圈豬，變為吃飽睡暖後深感幸福的肥懶的圈豬。饑餓的圈豬，往往會回憶起它過往吃飽後在四野自由的歲月。這種記憶常常會成為豬的反抗的力量；成為它跳出、逃出圈欄的動力。而今的富裕，實在是權力與統治的一種偉大的進步 —— 讓饑餓的瘦豬變為膘肥鮮美的一團畜肉。那麼，權力對語言和記憶的控制，這就好辦了許多。橫豎我都已吃飽睡暖，過往與未來那在四野的自由，對我又有什麼意義呢？宣傳、教育、歷史的真相與新聞的真實，謊言的真假與現實的偽造，凡此種種與記憶相關的物貨，對我又有什麼意義呢？

被圈養而又吃飽了的豬，是今天中國人活着的鮮明與實在。肥美之後就不用記憶、不要記憶，讓思考成為頭腦中的多餘，是權力在現代社會的靈動與新變。今天的中國，關於人的記憶與尊嚴，也正是讓人蛻變成為吃飽睡暖在畜欄裏的豬，因為膘肥的美滿，而使自己自覺感到記憶的無意義和毫無意義。而新的偽記憶的簡單與快樂，則是美滿幸福的路途和目的。由此，使人感到舊記憶、真記憶的本質，除了能給人帶來苦痛的回憶，正是一無用途的多餘。讓快樂與肥美取代記憶，取代真實和思考，使人成為圈欄之豬對記憶的疏懶與厭煩，這才是今天中國之權力的目的和正一步步接近的目標。

而文學 —— 某種在艱難存在中寫就的文學，因為對記憶的修復和對失憶的反抗，正是讓疏於記憶、沒有記憶的豬，回歸至有記憶和尊嚴的人。而作家為此的努力，則是文學和記憶另外的話題與可能。

2015 年 11 月 12 日，北京

八零後——怯弱的一代

　　世世代代，上輩人總在抱怨下輩人的不足，如同兒女總是要在父母的指責中長大樣。「八零後」與「九零後」，今天正是在這被抱怨和指責中，豁然地長大起來了，走進校園、走進社會，走進道德和口水的垃圾場。叛逆、自私、宅獨、濫情、性殤、物化，看見錢就像看見了爹；看見爹像看見了樹。大樹或小樹，壯樹或枯樹，凡此種種，人們把整個社會淪喪的污水，以愛和文化的名譽，匯在代際的龍鬚溝裏，又一桶一桶地汲將上來，大度地澆在八零、九零這兩代人的身上，感歎他們生逢其時的物質條件，再也不需像父母那樣，把吃飽穿暖作為人生的最大之理願；像父母那樣，把對國家宏達的忠誠，化為自己跌宕的血液；將男女的牽手和胳膊肘不慎的一碰，視為觸電般的愛情與忠貞。

　　他們有他們的世界觀、物質觀，有他們自己對人生理願的追求和偏愛。

關於世界，至於他們不光是一種地理，還是雙腳的踏行和交往，而被他們更正的世界和世界觀，不再是「第一世界」和「第三世界」的政治劃分了，而是「發達國家」和「發展中國家」及「貧窮非洲」的經濟區。簡言之，世界的構成，就是窮人、富人和正在走向富裕的人。就是老鼠、貓和機器人。

　　關於中國，社會主義昨天那遙遠廣泛的美好，就是今天的就業、車子、房子和一管口紅與一款名包的差別；是上班開車、地鐵和到辦公室後喝茶、看報與公司的無數報表及數據的差別；是入黨時舉起右手和受挫時私捏雙拳的差別；以及面對無數高官貪腐落馬如秋風落葉時，你是憂慮、喝彩還是起哄熱鬧和冷眼旁觀的差別；再或者，就是面對中國和邊鄰國家的緊張摩擦時，你是民族主義還是冷眼主義的差別。

　　國家，就像一款丟不掉的衣服，是把他穿在身上還是提在手裏，這對於八零的一代，有着本質的不同。

　　家庭、婚姻、愛情，日雜瑣碎和結婚離婚，對做小三的理解與支持，包容與不屑，性觀念的淡化與放開，凡此種種，都在這一代人的身上有着全新的詮釋和踐行。在家庭的觀念上，真正變化的不是孝道、養老、婚姻的維繫與散離，生男生女的歡樂與選擇，而是對情人、性行為和出

軌的認識與態度。總之說，這一代人，和其父母是截然不同了。父母覺得衣服舊了還可以穿，「縫縫補補又三年」。而他們，覺得款式、品牌過時或將要過時就應該換一換。必須換一換！從動物園批發商場購物到三里屯喝喝咖啡，不僅是兩種生活方式，而且是兩個階層的趨向。自己買房和租房共居，不僅是富裕和貧薄的物證，而且是人生尊嚴的精神證明。這就是兩代人的存在和不同，是上一代人指責、抱怨下一代的出據和憑證，如我們今天把一切的環境惡化都指責為氣候變暖樣，由此推斷出今天霧霾的籠罩，是經濟發展之必然，明天肺癌率和死亡率的大幅提升，也是一種必然和無可逃離的中國人的宿命。

　　然而，情況是真的這樣嗎？八零後與九零後，就真的與我們是那樣不同嗎？他們與父母、爺奶除了血脈的聯繫，其餘都草繩與剪了？還有屬他們一代人的精神氣質，真的就是化妝品帶來的愉悅和床笫歡樂後的痛楚？是今天工作、工資的苦惱和明天一對夫妻面對四個老人或六個人的負擔？叛逆、自私、宅獨、濫情、性殤、物化，就真的是這一代的符號和特徵？能不能用一個更簡單、精準的字詞、句子去描繪這一代與上一代的差別與獨到？比如我們說老一代人只說兩個字：「革命」。說四九年後的一代也就兩個字：「理想」。說十年文革也就一個字或者兩個

字：「左」或「極左」；兩個字或三個字：「災難」或「大災難」。但到了八零和九零的一代人（九零是八零的延續和發展？），我們又能怎樣去說、去判斷？

說叛逆，他們又有過怎樣驚人的屬一代人的叛逆呢？有過如他們爺奶或老爺、老奶那樣，集體一群一群的為了革命——或共產主義，就丟掉父母、兒女，不管不顧地奔赴延安的行為嗎？說物化，他們有過對財富的貪求，像他們的父母一代樣，做公司，做股票、房產或者股東商，倒買倒賣，空手白狼，把全部的財富理想都集中在一個錢字上；對福布斯排行榜敏感到到底入不入榜，是明富還是暗富，明富了又會在福布斯榜上排第幾，落後於誰時，就不僅是財富多少之比對，而是政治、權勢、地位之比對。說他們濫情和性殤，又是誰在享受了他們的濫情和性殤？是哪一代人用怎樣的方式誘惑、引導和完成了他們的濫情和性殤？濫情和性殤，是他們自己完成的，還是由他們父母一代引誘完成的？如同一個教授在引誘他的學生時，首先要用他的學識開導一番她的女生對感情與性行為應持怎樣現代、開放的態度樣，當女生接受了導師的教導，使導師享受了她的肉體後，導師在日後的冷靜裏，又開始思考、指責她（一代人）的下流、淪喪和無底線。現在，上一代人指責八零、九零者享受物化、沒有底線時，指責一代人寧可嫁給開寶馬的「父親」，也不嫁給騎自行車的「同桌」

時，是沒有考慮他們作為淪喪的導師，給八零、九零傳授了什麼的。沒有考慮八零、九零的孩子們，又從他們爸媽、爺奶那兒繼承了什麼呢。彷彿他們一代人的錯落，是天然天生的，與時俱來的，與這個原有的世界沒有關係的。

不能明白，那些業已三十而立的八零一代人，你們讀了不算少的書，經過了不算少的世事和經驗，當整個社會都在指責你們這樣、那樣時，為什麼沒有人站出來言論與立說，對這個時代和你們的父輩、爺奶們辯解一些什麼呢？為什麼不可以把上一代人的衣服裸扒下來，讓他們的瘡口也展擺在世人面前呢？想到當年韓寒和批評家白燁關於八零後的寫作是不是文學的那場文憤之論戰，誰是誰非，已經不重要，但你們這一代人的朝氣和激情，在這十餘年裏去了哪兒了？

在這個被權力和金錢統治的世界裏，財富不僅被階層和特殊的人群壟斷着，而且聲音 —— 可以發聲的一切地方，也都有權力和金錢的開關和操手，而成千上萬的八零一代和已經緊跟接上的九零們，教育不公的時候你們是沉默的；沒有就業機會的時候你們也是沉默的；就是同齡的女友跟着父輩入房同床了，你們也還依然是沉默的。而當終於可以結婚成家時，方明白結婚必須要有床位和廚衛時，雙方父母傾其所有，才在居高不下的房價中用一生的喘息，為你們的婚姻和家庭換來一處人生歇息的角落後，

你們站在那角落裏，順耳聽着「啃老族」的嘲諷，面帶默認的微笑，並不怎樣覺得尷尬與委屈，也更是鮮有誰站出來大喝一聲道：

「我們為什麼變成了這樣兒？！誰把我們變成了這樣兒？！」

上班擠不進公共汽車和地鐵，你們把身子側起來；領工資時發現就是每天工作十二個小時，也沒有分文的加班費，也都無言認下了。你們把飯後留在桌上的餐巾紙，收入體內用以鼓囊本應厚實的錢包和口袋；走進醫院為一個專家號，不是頭天半夜去排隊，就是心甘情願去買倒號手們翻了兩倍、三倍的高價號。春節回家買不到或買不起飛機票和火車票，有無數八零、九零的博士、碩士、大學生，就索性春節不回家。這個世界就是一台巨大的壓榨機，榨你們爺奶的、榨你們父母的，當他們老去乾枯了，你們後續而來正年輕，青春綠旺，血液飽滿，那台機器就用更為隆隆的響聲和轉速，開始榨取着你們青春的肌理和骨髓之血液。因為你們什麼都認同，什麼都不懷疑和試問。需要選超男超女時，你們把胳膊舉了起來了，將神聖的票權投到那兒了；面對電影、電視的輕賤和娛樂，需要你們張開口袋、發出笑聲，以證明國泰民安時，你們把最爽朗、純真的笑聲和掌聲，大度豁豁地獻了出去了；需要

你們在微博、微信和朋友圈裏只這樣而別那樣時，你們就只是這樣而不那樣了；你們「好好學習，天天向上」，最終就成為了最為配合榨取的一代人。把理想確定在「蘋果」的換代上，把思想確立在不存懷疑的順從上，哪怕是最需要創造性的文學與藝術，也都在配合和順從中認同和創作。於是間，社會、時代、前輩、人人，都可以說你們自私、物化、濫情、性殤，是「精製的利己主義」了。可以說你們「沒有底線」、「無可救藥」了。

因為，說你們什麼，你們都不會反駁。

因為，需要你們怎麼，你們就會怎麼。

因為你們爺爺、奶奶那時浪漫的革命激情，在今天看來，彷彿單純到可笑，可那也終歸是一種青春的激情。而這青春的激情，在你們身上不知為何就河乾濤盡了，沒有水流了。父輩們在所謂的「三年自然災害」中瀕死的饑餓你沒有過；上山下鄉高揚紅旗的熱情你們沒有過；從長安街上隊伍着手拉手的血脈臌脹你沒有過。你們似乎什麼都有，可就是沒有那種為一個民族如何如何的浪漫和激情。你們可能什麼都沒有，唯一有的是對這現實與世界取之不竭的認同感。你們在學校會懷疑同桌的一句話和一件事，而不懷疑教育之本身。到了社會上，你們懷疑自己的能力而不懷疑社會的機遇。汶川大地震中可以赴滔搶險，

呈一時之壯，而事後卻兩廂遙遠，相安無事；可以為「父親是李剛」而群起提問和搜索，但也可以為比「李剛」的父親更職高權貴者的惡作而沉默。

沒有人知道你們整整一代人或兩代人為什麼會如此的順從和怯弱，也沒有人能明白你們為何甘願為了怯弱而怯弱。

社會不需要議論民主、平等和自由，你們就不談論這些了。甚至連「公民」、「憲政」這樣的字眼也幾乎從你們這一代的嘴裏消失了，哪怕是對「公民」、「憲政」的批評與批判，你們也都懶得張口去說長和道短。對這些事情的冷漠與疏離，如同小樹怕風樣，要把自己的枝葉有意張揚在避風朝陽的向面上。

不需要思考現實的為什麼，只需要思考自己面對現實怎麼做。這一點在你們整整一代、兩代都來得齊整和盎然，心甘情願，任勞任怨，如同黃牛對冬季枯草的認同：既然是冬季的到來，有麥秸與荒坡的枯乾，那就完全可以不去追求自己伏耕時為主人收穫的豆料庫藏了。

實在不知道，你們為何會在如此無序混亂的社會裏，如此有序的認同和沉默。

實在不知道，你們為何會在對你們萬人所指的唾棄中，如此集體的默認和沉默。

實在不知道，在這隆隆盤旋的巨大的社會壓榨機器中，你們正成為最被壓榨的整整一代、兩代人，你們卻仍然能發出集體沉默的微笑來。

沉默源於怯弱。

怯弱而必然沉默。

可你們怯弱什麼呢？是怯弱歷史與現實？還是怯弱人生的不側和權力？整個社會都在懷疑、指責你們時，你們忍下了；沒有房住你們忍下了；難有工作你們忍下了；教育不公，你們承受並以承受為榮忍下了。現在是二十一世紀的第二個十年，你們的爺奶早已躺在病床上，而你們的父母正走在離退回家的人生路邊上。整個社會，除了權力和財富不在你們手上外，其餘的一切都已經落在或正在落在你們肩膀上。不是說「世界是你們的」，而是說關於現實的維繫和運轉，已經只有你們了。就是有一天中國和邊鄰「擦槍走火」，有了戰爭，需要流血犧牲、衝鋒在前的，也是你們八零、九零們，你們才是今天中國現實落地的雙腳和支撐點，是中國現實中的現實，歷史中的歷史，可你們在支撐、維繫着這些時，為什麼會那麼沉默和忍讓？為什麼總是一言不發而又在不知何時會露出喝了一杯咖啡的快樂和喜悅？生活除了電影、電視、肯德基、麥當勞、微博、微信和化妝品與奢侈品，還有激情、喜悅、焦慮和對

現實懷疑的表達和論爭。有對鄰邊國家的爭論和對戰爭果真到來的流血的擔憂和坦然。每天都盯着民族與國事杞人憂天那是父母們的事，但每天都盯着手機，低頭不語，耳不窗外，也不該是你們一代人的全部和實質。人要有對日常、平庸的愛和執着心，但一代人都對日常執着而堅韌，怕就會喪失這種執着的可能和條件。聲音不僅是彼此的耳語和説笑，更在於在這耳語説笑中，有人敢於站出來斷然否認或支持。沒有這種獨立、斷然的聲音時，那種耳語和説笑是不能長久的。我們的民族，從來就不缺乏這種耳語聲，缺的是獨立、斷然的喝聲與爭論。從爺輩再到你們父親們，這種獨立、斷然的聲音雖然不高大，但卻沒有終止過。然到了你們後，這種聲音微弱了。甚或終止了。或將要終止了。發展的經濟和富裕，把一條喉道堵住了。被眼花繚亂至無序的現實覆蓋了。被無數、無數的頌歌淹沒了。但更被你們沒來由的膽怯和對物質天然的敏鋭與對精神彷彿天然的冷漠、疏遠拋卻了。

八零和九零們，你們到底膽怯什麼呢？沉默什麼呢？這個世界到了該由你們發出聲音的時候了。到了該由你們振聾、論爭、尖叫乃至高呼的時候了。

把你們的激情釋放出來吧，對與錯，謬與誤，這些不重要。重要的是，有一天你們也和你們的父母一樣辦理完

退、離手續時，走在人生落幕的邊道上，可以扭頭對着世界大聲説：

我們曾經年輕過，曾經激情過！曾經有過熱血和吶喊，有過把怯弱如絆腳石一樣踢到現實的路邊過！

2014 年 1 月 5 日

央視春晚，還有必要嗎？

　　2014 年的春節是 1 月的末尾，看完這年的央視春晚，我在初一那天，因為學習書法，順筆就在一張紙上莊重兒戲地寫了四個字：

　　春晚如屁！

　　之後我為自己的粗俗而後悔，覺得對不起馮小剛，對不起這年春晚所有為演出而付出的人，就在 2 月的很長時間裏，都在想着這件事：為什麼不取消中央電視台的春節晚會呢？它如此勞民傷財，動用大量人力、物力、財力和全國人的熱情和期待，難道目的就是花錢費力，給人民創造一個發洩、辱罵的機遇和窗口？如同西方遠航的艇艦，因為在曠寂的海上畫行夜漂的茫茫深邃，與世隔絕，所以會以昂貴的價格，在艦板上塑造一對或幾對逼真的男人和女人。男的是擁有權力、霸主地位的某位將軍或高官，女的是某位明星或絕代貌美之佳人，以使艦船上的水兵們，對權力和軍官們，壓抑、牢騷到不能不有所發洩時，就出來朝那將軍或高官的橡膠肚上踢幾腳，朝他的臉上吐口惡痰再或摑去幾耳光；或因為水兵們正當年少，情難寂寞，

荷爾蒙多到將要漫溢時，就對着那美女佳人，做愛發洩，解決解決。如果央視春晚，也有如此之目的，那倒也就罷了，也是一樁人性而善意的好事，或多或少，也算達到了初衷和目的。

可是春晚，初衷絕非這樣之初衷，目的絕非這樣之目的。一如足協的年年月月，人事更替，都是為了中國的足球之好，而非為了讓全國球迷們去咒爹罵娘——然其結果，又終是被人和人民，咒爹和罵娘。

於是就想，當一樁行為物事，再二再三地事與願違，果非初願，那為何不息止、停辦、去除呢？為何不坐下來好好想一想，辦與不辦，怎樣才對這現實的世界和國人更有益處呢？去除和停止，不是有很多理由並已恰到好時了嗎？

春晚是一筐時過境遷的爛桃子

眾所周知，央視春晚在上世紀八十年代初的十億國人的節日和文化生活裏，曾經有過精神與文化核源的意義。正是這樣，也才會使一首歌曲，一個明星，在那短短幾分鐘的春晚演唱後，可以一夜爆紅，名揚華夏。之所以如此，是因為那時中國時置改革開放的元年初始，經濟枯乾，文化漠沙，人們的精神追求，只能在望梅止渴的沙地

裏跋涉與翹盼；信息來源，如同四壁黑獄中的一縫光隙。春晚的如期而至，從天而降，必然是旱天甘雨，獄門之光，讓億萬的中國人看見了歡樂，看見了世界，看見了不一樣的文化與生活。如此的一年一年，一個除夕和又一個除夕，一個春晚和又一個春晚，表面看，它是讓億萬個家庭團聚在一起，圍着這個精神的火爐，豐富了千百年來炭火柴燒之除夕的火盆和壁爐，而在人們的內心深處與精神的肌縫間，它使人們看到了未來的可能，比如富裕、平等、自由與那種人與人之間的美好。

春晚的成功，是建立在十年文革坍塌的廢墟上。

十年的坍塌，終於迎來一朝之建立，一如茫茫黑夜的海面，不要說黎明之光，就是一漁燈火，也可以引來萬千夜航的聚攏。然而今天，中國已經不是那時的中國，觀眾也不是那時的觀眾，人們也不是那時的人們。富裕似乎已經富裕，可富裕後的不公，已經昭然了天下；歡樂已經歡樂，可歡樂中人們有了太多的扭曲和被扭曲。人們在春晚中深層的想像，在生活中沒有實現，在之後春晚的節目中，也沒有給人們新的暗示和寓意。往年春晚中相對單純的笑和美，被今天春晚中夾雜的權力與他意取代了，如說教與政治，虛假和歌德，成了春晚潛在的主題。寓教於樂，對幼兒園和未成年的孩子，不失為一種方法，但對於今天已經完全成熟的觀眾和人們，你把你小學的文化當做

教授的資本，而把經歷萬事的人們，當做涉世未深的孩童，這未免有些本末倒置，把鴨子誤做了天鵝，將上帝當成了屌民和教民。

春晚和那些做着春晚及管着春晚的人，你們真的不是人們精神的上帝，不是人們思想的輔導員、指導員、教導員和職高權貴的政委。你們也是觀眾，也是人。也是人們中的一員。把觀眾視為弱智，那是你們比觀眾更弱智；把觀眾視為白癡，那是你們比觀眾更白癡。舊時候，那些戲台上耄耋的藝人，一生都不敢漫待台下的人們，可是你們隨時都可以真心實意地把觀眾當做由草根和屌絲組成的屌民們，教育他們的世界觀，提升他們的人生觀，強加給他們審美觀；而把自己當老師、當領袖、當執政者的代言人、家僕、喇叭和號子。

經常可以看到從春晚撈到資本與名份的演員們，在電視上和舞台上，一邊為自己一生上過幾次春晚而自豪，又一邊抱怨和訴說，自己為了春晚犧牲了這個和那個。既然如此，你就別去參加嗎？過一個常人的生活，在春節前後，日日地守着親人，與家人團聚，享受天倫之樂就那麼不好嗎？

經常可以聽到和看到，春晚的創作者對審查的不滿，如小腳媳婦樣在邊旁的嘰喳嘮叨，然對審查制度公開的言論與辯說，卻又幾乎沒有從那些受審查的演員和創作者的

嘴裏，二二得四地講出過。且一邊是私下的抱怨，又一邊是為了能擠入春晚的阿諛、行賄和獻身，其行為一如頭帶鮮花的妓女，在謾罵來自花地的牛糞氣。

何必呢，大家都是明白人；你們還是作為藝術家的明白人。

何必呢，中國人大都被現實歷練成了世事通達的精靈了，誰都不要去做得了便宜的賣乖者。

何必呢，現在離最初的春晚都已過去三十餘年了。「三十年河東，三十年河西」，那話不光是一句民間諺語，還是一道歷史的訓誡，是有着一些哲學意味的對世界認識的方法論。因為今天已經不再是昨天了，今天的時代不是三十年前的時代了。今天的百姓、觀眾，到底在年節間能不能離開春晚很難說清楚，但他們一定不再喜歡你們這樣「觀念守舊、立場鮮明」的春晚應是肯定的。

既然春晚已經是一筐過了季節的爛桃子，人們不僅不吃它，還要把它摔在腳下邊；既然又到了新的一年一季裏，又要「春晚草發，歲歲枯榮」了，那就與其因襲，不如變革。

不能變改，不如放棄。

可以以最近十年春晚為案例，丟棄不計成本的人力和物力，僅把春晚的財政開支（納稅人的錢）向人們公開報一報。然後取一平均值，每年在放棄春晚後，把這筆錢

財，都用到邊貪地區的教育上，如此也好給人民有一個停辦春晚的藉口和理由；也有一個好台階，讓那些從春晚的舞台上下不來的演員和創作者，可以體體面面走下來。

停辦央視春晚更有利於全國觀眾的選擇和競爭

央視春晚的根本弊端不是那些導演、演員和藝術家們的動力、心力和敷衍，全國人都相信那些演員們，甘願在春晚中傾其所有後，還樂意把自己的腸子當做幕繩來拉扯。之所以春晚終於耗盡導演、演員和所有工作人員的心力才把它弄成一筐爛桃子，是創作、選擇自由的限制之結果。是央視太想把春晚國有化和壟斷化。甚至在權力和思想上，也太想把十幾億人（觀眾）的思想集體化、壟斷化和國有化。不要去深究他們想國有人的思想、想像的政治根由和來源，但這和壟斷、國有中的經濟、名利的豐厚也必然是瓜葛相連的。

為什麼不可以讓央視停辦春晚、由各省和地方自己視情去辦呢？

一省去辦也好，數省聯辦也罷，不可忽視的有幾點。一是各省、市和地方電視台，也都是在同一政黨領導下的宣傳文化機構，用不着擔心他們會「荒腔走板」到哪兒去，會把火車頭開到汽車公路上。二是不可忘記，中國地域遼

闊，文化多元，「一方水土有一方人的愛。」八十年代那些年，春晚幾乎可以把人的思想、情感、情緒都聚攏在你央視的旗下和門下，那是因為前「十七年」和「文革十年」，已經把人的思想僵化統一了；而今三十幾年的改革與開放，中國人思想的多元、分化和地域文化在人思想上的再次根植與生成，已經不再是芝麻地裏只有芝麻了。套播與套種，混合與融合，乃至於混亂與雜交，前所未有，後會更盛。正如沒有南方人更了解南方人的味覺樣，只有北方人才更知道北方的文化和需要。我們不能把喜愛超女選秀的年輕人都聚攏在「二人轉」的舞台下，那樣就是文化專制了，就是對人的精神強姦了。但同時，我們也不應該讓東北二人轉的觀眾都去看京劇，讓京劇觀眾都去看豫劇。各取所需，文化多元，這是一個國家開放的標誌和必然，而春晚，走的卻是「思想藝術國有」的「大一統」。

一年一度的除夕到來時，一個民族，一個國家，乃至全世界各地的華人，他們都以血脈和文化的名譽分散或聚攏在一起時，你要給他不看春晚的權力和選擇。這種權力不是他不看可以關掉電視機，而是他不看這個春晚，可以選擇另外的。要允許地方電視台辦春晚。允許它在除夕的同一時段播放和競爭。

要給觀眾一個選擇權。

這不是你辦與不辦、放權不放權的文化問題，這是一種文化權利的壟斷和專制。當央視不辦春晚了，也許這種文化壟斷和欲要將人的思想、精神統一為國有的策略、計劃、想法也就放棄了。而我們中國人的思想，也就藉此又一次真正地放開、寬泛了，精神的天空也就多多少少闊大舒展了。

現在——以春晚為例，是地方春晚和央視春晚沒有競爭權，是你在文化壟斷中獨有與霸主。不知道地方電視台在整個國家電視製作和播放中有怎樣的自主和自由度，但央視春晚走到今年春晚這樣的「絕處」時，實在是該主動放棄而把製作權交給（下放）各個地方台，讓大家據實而作，彼此競爭，市場機制，劣者淘汰，使作為華語世界的華人觀眾，在春晚有個選擇權，有不被你說教的權利和娛樂、審美的選擇之自由。

讓春節成為民間自己的節日和慶典

只要留心，就會發現今天民間的生活，如節日、婚喪、娛樂、習俗等，都正在被規劃、改變、刪除和被襲暴而來的現代的文化所整治，如市場被城管整治樣。

以某一地方為例，早些年我有兩次到那兒過正月十五時，都遇到縣裏在元宵節裏一邊組織燈籠、高蹺會，一邊

又在這民間節日中，組織各鄉鎮的民兵在簡易的體育廣場進行正步行進大閱兵。從形式到內容，這兩個元宵節，都幾近天安門廣場的十‧一國慶大閱兵。那縣裏的主要領導站在閱兵台上檢閱民兵方陣時，如將軍和國家領導人站在天安門的城樓上，荒唐可笑，如耕牛的嘴套變成了皇宮帽子樣。還有端午節、七夕和各方各地因地域文化不同而存在的地方性傳統節日，這些極具民間意義的節日和文化活動，都正在被人為造成的消費性假日旅遊所取代。如當年盛行在北方鄉村的「二月二」、「三月三」和一年一度收麥後的各村自行慶典的「吃麥飯」等，這些節日除了縣誌上的記載外，似乎都已不再存在了。

當然，在與不在不重要。重要的是我們在現代文化優選進程中對本土性、民間性文化的認知和態度，是保護、放棄和剔除的選擇。回到央視春晚這一議題上，當春晚如今年的春晚一樣被萬人吐槽和唾棄時（誰能告訴我們一個真正的收視率？），人們大都意識到了一個問題，就是春晚確實豐富過中國億萬人的節日之生活，但也開始在破壞着億萬人固有、傳統的節日之生活。它破壞的不僅是春節的存在，而是這個中國人千年來最大傳統節日的地域性與多樣性。因為央視春晚的壟斷性和霸主性，又因為央視在春晚中的政治單一性和蠢笨的說教性，它的存在，如國家銀

行壟斷、霸有豐富多樣的民間資本樣，使那些地域偏僻、文化多樣的節日和傳統被它擠佔了，不再有意義而漸次消失了。這如同普通話對方言的侵襲樣，只要國家普通話的存在，便必然會使一些更具地域文化意義的方言逐漸的消亡。我們不能為了某種方言存在而去除普通話，但一個民族不重視和保護地域的傳統和方言，必然是未來文化的可悲和哀傷。

對於央視春晚言，急流勇退、臨敗即收，在該停辦時停辦，是正可以讓春節更加多樣化和民間化，讓民間和百姓更擁有一種純正的中國傳統文化和現代自由的選擇性。直言地說，停辦今日之春晚，才是對中國文化生活的一種真正貢獻了。

2016 年 2 月 6 日

遊戲深藍

　　人類朝向未來的行走，從來都如一個丟三拉四的孩子。每天都在為自己的粗心受罰和補課。尤其對東方中國那一群的粗野和狂傲，以為天下就是他們的天下樣。可更糟糕的事情是，幾乎天下所有的國度都未曾料想到，2050年的35年前，在法國巴黎那次世界氣候變化大會上佈置的作業，本是新一輪的遊戲與發牌，規則是世界各國的首腦或代表，都到巴黎領走自己國家的那張作業牌，然後是口才競賽和遊覽，低調的揮霍與品嘗，最後再對外宣佈這次會議多麼的成功和圓滿，借此以糊弄世人和納稅人，使納稅人面對氣候變化再掏腰包時，總是面帶笑容並有一種高尚感。然而，讓法國人和世界始料不及的，是中國代表謙謙君子般在巴黎領走了他的那張牌，並被潘基文求告說作業都寫在那張牌頁上，看在我們都是亞洲人的份兒上，回去務請給個面子完成一道兩道作業題。

---

* 　本文應法國《世界報》之邀，為 2015 年 12 月在巴黎召開的聯合國第 21 屆「世界氣候變化大會」而作。

中國人——這個古老民族的苦孩子，從來都被世人評論定斷為說東做西、善於狡辯的東方龍或說東方蟲，接牌的時候——那個代表中國的中國人，不僅臉上堆着讓全球首腦都捉摸不定的笑，而且還用拳頭在胸口發誓一樣砸了砸，如同一個賭徒在債主面前跺着腳：我再賭時你把我的指頭剁下來！說剁下他的指頭時，各國首腦和世上的明眼人，是都看到他把手指緊緊地捏在藏在他的掌心的。可尾末，人們還是以文明的名譽，給中國代表報以最熱烈的掌聲與喝彩。

本來就是一場遊戲嘛，誰會那麼當真呢。

2015 年 12 月在法國的第 21 屆世界氣候變化大會，就那麼在真真假假中結束了。除了當時世界媒體的幾天熱鬧外，連歐美的總統們，離開巴黎都把那大會的議題忘記了。甚至還有幾位不宜點名的外交部長、總理和總統，竟把那各國都有一張牌樣的作業紙，順手扔到了他專機的廁所裏。倘若不是當機值班的服務員，為了給自己的孩子們留些世界要人的收藏品，後人將無法知道那些光面堂皇在人類人五人六（編按：裝模作樣）的總統們，竟多是最把人類、世事和未來當做兒戲的一群上帝的壞孩子。

2016 年，那是多麼平淡的一年哦。除了一些人端着咖啡回憶一些 2015 年的事，世界是和 2015 年一模一樣的。除了戰爭、災難、恐怖主義和各種制裁外，就是貧窮、疾

病和豪富們一擲千金的婚禮與政客的情人們吃醋打架的「這個門」和「那個門」，別的和什麼都沒發生樣。

而 2017 年，又幾乎是 2016 的翻版。

2018 年，又和 2017 如出一轍樣。

世界是如此的扁平和無聊，每一年都是上一年的重複和再演。總統競選、民主法制、經濟衰退、人權自由、失業就業、醫療保險和人類的老齡化等等世界性的空泛大議題，凡此種種，人類的人們，都因為年年重複、年年無果而懶得再去說它了。什麼環保、綠色、氣候變化等，這些比起總統換屆和黨派更替，顯得更為遙遠虛空的事，除了競選時會成為點綴鮮花的綠葉外，其實也就是各國外交中被吐來吐去攻擊對方的液臭物。若不是這種外交口水帶着對方的口臭味，實在是你吐過去他都懶得擦一把。

終於是一年一年過去了。

十年十年過去了。

至於三十五年前的 2015 年，人類在巴黎開過一個世界氣候變化大會的事，世界早就把它忘卻了。誰也沒有再記起他們曾在巴黎的那個會議上，領走過一張作業牌的事。倘若不是 2050 年的某一天，中國有意選在晨時 6 點的日出東方時，突然向世界宣佈他們實現了「綠色共產主義」；不是世界的格局在一瞬間如前蘇聯的轟然坍塌般，竟然又有許多國家跟進宣佈了「成立」、「建立」、「獨立」

和「決定性的靠攏」，使一個新的「綠色共產主義陣營」就這麼在防不勝防中掘地而起着，那麼，誰還會記起三十五年前的那個巴黎大會呢？就這麼，隨着中國「綠色共產主義」的宣佈性呼喚，俄羅斯也這樣宣佈了；越南、古巴和北韓，似乎生怕自己的宣佈慢下一步或聲音小一點，他們動用了各種世界性的媒介和語言，在俄羅斯的宣告還未落音時，也急急向世人大聲宣告了自己業已建成了綠色共產主義國。

這讓整個世界震驚了。

歐美為此的驚顫如同一百個「9•11」的同時到來樣。然而他們還未及從驚顫中醒過來，印度也這樣宣佈了；巴西也這樣宣佈了。不僅當年世界上所有的發展中國家都隨之宣佈自己建成了「綠色共產主義國」，而且連歐共體內部的歐洲中心之東德，和北歐的挪威、丹麥、芬蘭及瑞典，中歐的捷克、匈牙利、奧地利和斯洛伐克等，也都在三朝五日間，相繼宣佈要逐步靠攏綠色共產主義國。

世界的格局就這樣又重新區分割定了。一邊是以衰老的歐美為中心的「經濟資本主義」國，另一邊是以崛起的中國為中心的「綠色共產主義」國。在「綠色共產主義」這一邊，無論原本就是中國的同道者，還是後來改轍移章後又念念不忘共產主義的背叛者，再或是如北歐那樣原本就有綠色共產主義夢想的烏托邦；更再或，原本和共產主

義毫無瓜葛，僅僅是因為國家經濟和國際政治的原因，就以綠色的名譽，暗度陳倉地欲要和中國在錢財交易中大撈一把的投機國，凡此種種，就這麼在「雙贏」中集合到了「綠色共產主義」的旗幟下。世界就這麼再次一分為二了。兩個陣營間都有相圍的八十多個國家和地區。德國又重新面臨着東西德的分裂之危險。歐共體的解散也似乎在指日可待間。事情來得轟然而讓人猝不及防着，也正如世人無法料定柏林牆的倒塌樣。原來只是總統們在散步間當做笑料的話題——「中國夢就是讓世界以它為中心」的話，就這樣靜默悄息又轟轟隆隆的成為現實了。

接下來，世界上最大的事情不再是戰爭、貧窮、饑餓、人權和宗教矛盾與恐怖主義等，而是中國在這幾十年裏到底私底下做了什麼事？！情報、情報、情報；情報、情報、情報！！——軍事、商業、教育、科研、旅遊，乃至東西方家庭間的來往和親戚間的走訪與跨國婚姻的紅白之喜喪，都是新成立的「歐美情報共享中心」的追蹤和誘告。而當把這成噸、成噸的誘告和情報用海量的數據分析、歸納到一起時，答案的真相，竟簡單到如羅浮宮蒙娜麗莎的畫像誰都可以看到樣——僅僅是因為中國以他驚人的速度和神秘，為人類建造的一座後花園。

後花園成為了人類再次巨變劇裂的旗幟和藉口。而這座世界之天空下的後花園，不是從世人都可看到的北京、

上海及中國南方的發達地區開始築建的，而是從世人無法看到的新疆和西北開始的。是從南方的落後山區開始的。是中國又一場悄然無聲、幾十年堅持不懈的「農村包圍城市」的新革命和新運動。新疆那無邊浩大的沙漠上，2015年的三十五年後，神話般地成為了草原、綠地和森林。來自西藏雅魯藏布江洶湧滾滾的河水，在穿過新疆、寧夏和甘肅原有的沙漠時，活躍的魚類水生物，常常會在你凝望河水的瞬間裏，一躍而起地落在你的腳上和腿上。那似乎是來自印度、尼泊爾和孟加拉國濕暖的海風，帶着濃重的印度洋的氣息，讓中國近一半面積400萬平方公里的大西北地區，成為了人類後花園的中心。虎豹牛羊和幾近消失的藏羚羊，在新疆原來那無邊無際的塔克拉瑪干沙漠上成群結隊，樹上草下。而早已在幾十年前因環境污染而從中國南方紛紛撤走的成千上萬的外國的工廠和企業區，沒有人知道中國人是怎樣讓清澈的河流與纖塵不染的空氣又重新回到那兒的。因為穿越了中國「污染時代」而活下來的野麻雀，變種後渾身的羽毛都是金黃和亮紅，並且身子又比原來大出許多倍，類似於孔雀和東方傳說中的鳳凰鳥。它被世界鳥雀專家和昆蟲學家們重新命名為「中國雀」。因為環境的巨變，除了新變種的「中國雀」，還有智商更近於人類並被重新命名的「中國猴」、「中國雞」以及「中國馬」。尤其值得注意的是，原來被當做外交與政治禮品

偶而送往他國的中國國寶大熊貓，因為東方氣候的悄然之變，在中國竟多得戶戶家家都把它當做貓狗一般的凡物寵養着。如此等等凡此種種的，2050年後，人類的格局就這樣重新劃定、界分了。當新格局中的老話、套話「環保是一種體制」和「環境說到底是種新政治」無法解釋「綠色共產主義陣營」的形成時，人們想起了2015年的12月，在法國巴黎召開的那場早已被忘記的第21屆世界氣候變化大會上，是給各國領導人和代表都發過一張紙牌的。每張紙牌上，是都寫了各國在應對氣候變化中應該完成的作業的。而這時的美、英、法、德等國在多次更替總統和總理後，新任領導人們在偶然的機會裏，重新來到巴黎尋找那次會議的牌根時，也才想起去拜見年近百歲的原法國總統奧朗德。老態龍鍾的奧朗德回憶起了在那次大會上，中國代表在信誓旦旦、慷慨激昂的發言時，不知是誰在中國的那張牌紙上無意地寫了一句英文玩笑話——「他們是要建立綠色共產主義國」。後來這張牌傳到他手裏，他在那句英文下，又用法文重抄了一遍遞到了美國總統奧巴馬的手裏去。美國總統看看也寫了一句什麼遞到了德國總理默克爾的手裏去。大家就這麼遊戲地傳着添寫着。當大會最後要把這張牌紙的作業交給中國時，那牌紙上已是一堆一片死蟑螂般無法辨認的各種語言和文字。

中國代表是拿着這張蟑螂屍般的文字秘符回國的。

而「歐美共享情報中心」給出的世界新格局形成的答案也恰巧是，三十五年前的中國代表從巴黎的第 21 屆世界氣候變化大會帶着作業回去後，動用了世界各地、各類的語言學家們，五十餘人匯聚北京用了三個月的時間，從那一片堆堆疊疊的蟑螂屍樣的各種文字中，把那秘符破解了。那蟑螂屍般的秘符原來是由四十多個總統和國家領導人共同用自己的語言在中國代表發言時，寫在那張牌紙上的一句一模一樣的話：

要建立綠色共產主義國

中國人找到並抓住國家夢的根本了。

中國政府也依照那秘符悄然決然地一步一步去做了。

2015 年 10 月 29 日，北京

該隱、亞伯和理性的人

　　有一個人，他當然不代表他的國家，也無力代表龐雜的中國民間。他只代表他自己——一個作家和把和平、溫馨、平靜的生活視為父母對兒女之愛的人。這個人、這個作家，曾經有 26 年的軍旅生涯。他對戰爭沒有最直接的體驗，但卻對與戰爭相關的生死，有着刻骨銘心的記憶。

　　35 年前的 1979 年，中國與越南的那場舉世矚目的邊境戰爭發生時，他是一名剛剛入伍而隨時準備參戰的新兵。而與此同時，在他的老家，由於親人對戰爭的恐懼和擔憂，他的父親夜不能寢，每天晚上都在零下十多度的村頭和他家的後院裏散步、呆坐和遙望槍聲四起的中國邊南。如此，這位父親因為那場戰爭，因為一百多個寒冷酷夜的不眠，而引發舊病，最終離開了他的兒女，離開了這個世界。

　　我活着，而我的父親過早地走了。

　　我們活着，而那數萬中國軍人年輕的生命不在了；我們活着，而那數萬越南人們的生命不在了——這，就是戰爭給我的最直接的記憶。戰爭，對人類而言，是人為的

最大的災難；對具體的人和生命而言，則是狂人孕育的獸獅，對柔弱生命最為不敬的吞噬。相對今天世界之中東，我們亞洲在二戰之後，是一塊相對平靜的地區。相對歷史的亞洲和世界，我們亞洲，尤其是東亞，則在第二次世界大戰中，付出了不比任何國家和地區遜弱的生命和鮮血──這也包括日本在二戰中所失去的那些不計其數的無辜的生命。正是這些可敬和無辜的生命與鮮血，給我們換回了 1945 年之後的東亞乃至整個亞洲相對平靜、溫馨的生活；換回了二戰後日本和平憲法第九條關於對其戰爭約束的法律和條文。我們亞洲，尤其東亞人們這 70 年相對平靜的生活──老人們可以在街頭散步、買菜；兒童可以在學校讀書、遊戲，年輕人可以在鄉村談情說愛，在都市的繁華裏接吻擁抱──這，一切微小的、世俗的、甚至是不值一提的日常之細碎，當我們把這些與我們先輩所經歷的人類的戰爭聯繫在一起時，我們都可以感受到，一片綠葉的根部，所經歷過的地震的搖擺，一滴雨露的形成，在天空所經歷的烏雲與閃電的扭打。

憶思追究，在南韓、在日本、在中國，在整個亞洲和全世界，沒有一根街頭板凳的木頭，不來自森林火災後的重生；沒有任何一個人的一根頭髮，不與祖先的經歷、眼淚、災難和生命絲絲相連。從某種不恰切的寓意去說，我們今天的口紅，正來自昨日戰爭的鮮血；我們今天的親

吻和擁抱，正來自昨天無數人的妻離子散與家破人亡。也正是因為這樣，我們才愛今天的一次約會，一趟旅行，一絲清新的空氣，一綠有生命的野草。我們今天生活中的一切，都源自偉大的和平所恩賜。和平孕育和恩賜我們今天相對平靜的生活，哪怕是簡單的活着，也如父母恩賜我們崇高的生命和世俗的呼吸。如此，我們當視和平為父母。愛和平、愛生命、愛每一個世俗的說笑、爭吵、家庭和各國間來來往往的旅行與購物，如同深愛我們的父親、母親與爺爺和奶奶。

然而，近些年來，我們東亞平靜的生活，開始有着戰爭霧霾的升起和籠罩，島嶼、海水、陸邊乃至東亞各國的陸內，多多少少，都正在孕育着戰爭的硝煙。我們平靜的生活，正在面臨着被一點點的掏空和失去和平大廈的根基。島嶼之爭、海水之搶，面對過往的戰爭之惡和對失去生命的態度與立場，掩蓋真相，含混事實，凡此種種，都在腐化、斷裂着東亞之和平廈屋的地基，腐化、斷裂着年輕人的記憶之鏈。歷史正在被重新改寫；記憶正在被偷盜和更換。而由此導致的濃烈可怕的民族主義、民粹主義，正將成為東亞戰爭的火源在擴大和燃燒。

日本、中國、南韓、北韓乃至中亞等地區，今天燃燒的非愛國和超越愛國之界的民族主義，明天就將可能成為戰爭的火源而燒毀整個亞洲，並成為延至世界的鬼火。

而那些政治家對民族主義之火的點燃和利用，又成為民族主義難以熄滅的源中之源，根中之根。日本政府對其和平憲法第九條修改的執着和固傲，也正是這種民族主義被過分調動和利用的結局。而在中國，此類事情也並非空白和缺無。我想，在南韓和其他國家，也大抵如此。在戰爭面前，政治家為了權力與政治，常常成為歇斯底里症的患者，如同日本作家村上春樹在這一點上形容日本政客為喝醉酒的瘋子。而廣眾的民族主義者，則會成為歇斯底里的政治家體內最為活躍的細胞，成為醉酒政客的酒精和佳餚。如何使我們不成為政治家歇斯底里症的血液與細胞，不成為醉酒政客的酒精與佳餚；如何使政客不成為權力與戰爭的謀略者，而把我們和我們的生活，變成謀略的棋盤和流血的兵卒，這是我們今天要面對和思考的最重要的問題 —— 做該隱、亞伯還是一個理智、清醒的人，這是我們東亞各國的政治家、知識分子和老百姓，都必須面對的角色。我們知道，該隱在謀殺他的弟弟時，忘記了大家都是人類的孩子，忘記了彼此擁有共同的父母。所以，他向弟弟腦後猛烈的一擊，致弟弟死後，頭也不回地走了。而他的弟弟亞伯，善良、單純，在哥哥的陰謀裏表達着弟兄間的愛和渾然不覺的純淨。而這種純淨的結局，就是亞伯無辜的血亡。回憶人類的每一次戰爭，回望我們東亞的每一次刀閃和槍聲，我們發現，所有人類的戰爭，都是該隱

謀殺亞伯的無限重複和放大。之所以那些為了權力的政治家，總是能夠在爭端中成功的選擇該隱的角色，皆是因為我們自然和不自覺地成為了亞伯。

而今天，在人類經過了第一和第二次世界大戰之後，在我們中韓和北韓以及其他地區，有着不堪回首又決然不能忘記的人類的戰爭災難之後，我們不做亞伯，也不做該隱。今天，我們都是有着血亡之訓的醒來的人。我們醒來，不僅是為了對抗該隱的陰謀與非理性，而且也要使該隱從非理性中醒來，不再成為陰謀殘忍的兇殺者，而成為理性、清醒的人類的成員。謀殺者該隱、被殺者亞伯和能夠喚醒並超越二者的清醒、理性的人，這是人類的三個角色，也是我們東亞各國的政治家、知識分子和普通百姓今天必有的選擇。我們選擇前者，就是選擇罪惡；選擇亞伯，就是選擇新的、又一次的血亡。但我們選擇了後者，我們就有可能擺脫非該隱即亞伯的悖論，而使我們的情感、愛和理性，成為超越非此而彼的簡單是非和戰與不戰的怪圈，從而獲得人類被理性維護的長久的和平。

女士們，先生們，面對這樣的選擇，在一些政治家和政治狂人看來是幼稚的，可笑的。但即便是幼稚、可笑的，我也希望自己在這兒能夠鄭重地表明，我不代表我的國家，我也無力代表那個龐雜、巨大的中國民間。我只代

表我個人。如果讓我個人，必須在該隱和亞伯中做出選擇，我會選擇那個不是該隱的角色；如果在過去的該隱、亞伯和今天清醒的東亞人中做出選擇，我會努力去做今天的一個清醒的人 —— 面對東亞可能到來的戰爭，如果這戰爭有是非可言，我當然站在正義的一邊。如果因為人類愈是文明，人就愈為野蠻和狡詐，致使戰爭失去了是非，那麼，我就站在一切戰爭的對立面，寧可像亞伯一樣倒下，也不像該隱一樣活着。以此，以一個今天的東亞作家最不值一提的努力，去留住街頭公園裏老人欲坐的那把椅子，和孩子們要唱的一首兒歌；留住田野、森林、河流和我們今天細碎、日常卻溫馨、世俗的一切。因為我相信一隻螞蟻的力量；相信文學、藝術和生活中的一切。只要我們每一個人都可以付出遏制戰爭和戰爭的可能的一己之蟻力，理性，就一定可以戰勝戰爭的野蠻。

阿根廷的作家博爾赫斯（Jorge Borges），曾經在他的一篇訪談中，形容他的國家與英國為了馬爾維多斯群島所引發的那場戰爭，是兩個禿子為一把梳子的爭端而幹仗。這當然是一個作家的幽默與諷刺，但也是一種文化與智慧的超越。今天，我們可以把這句話修正過來 —— 與其讓一群漢子為了一塊不毛之地而幹仗，不如讓這群人在不毛之地上換土和耕種。如何才能做到這一點，那就是讓我們每一

個曾經的亞伯都成為今天清醒的人，以此來預防和阻擋該隱在我們腦後的一擊；甚而使該隱也從「該隱」中醒來，成為超越該隱而理性的人；和我們一樣的人。

我們要相信，人類的理性之力。相信只要我們理性，我們就可以把街頭的椅子，永遠留給行走的老人；把書包永遠留給讀書的孩子；相信那光禿禿的不毛之地，因為我們，會長出一片嫩綠的顏色來。

2015 年 7 月 12 日

關於我不能低頭的寥寥說明

　　少年時，貪圖便宜，渴望撿樣東西，我總愛低頭走路。小學、中學，直到當兵，都愛走在路邊，左顧右盼，賊眉鼠眼地瞅瞅看看。也確實不斷撿到鉛筆、橡擦、一分二分的硬幣。有時候也能撿到五角或者二元一元。撿錢從來沒有撿到五元以上，命薄如紙，回憶起來覺得辛苦至極，卻又收穫甚微。值不得。真的值不得！到了當兵之後，有了思考，覺得沒有財富之命，那就改道仕途去吧。渴望提幹，渴望當官，就像渴望萍水相逢一個好姑娘。而在軍營，乃至社會全國，機關機構，真想當官，是要謙虛謹慎，言辭虛虛，見了上級，不說畢恭哈腰，也該點頭低頭。因為渴念官途，拜着權力，也就和千人萬人一樣，見了長者就點頭，遇了上級就低頭，加之長期伏案寫作，也是朝文字、文學跪拜磕頭，這點着和低着，便有了腰病頸椎病，日日漸漸，終於腰間再也不能負力直硬，不能靈動彎轉，人走人立，如一杆直棒一樣，使那腰椎間盤突出的長期病症，已經伴我二十幾年；頸椎骨質增生，也已二十

餘年，時輕時重，療無顯效，就每天在脖子箍一頸托，使它不得隨意扭轉，顧左看右，更是不能絲毫低頭寫作，不能低頭說話，哪怕見了廳長局長、文豪權貴，稍一低頭，就會暈眩轉向，想要跌倒。

也就在這二十幾年裏，永遠地直腰說話，抬頭走路，連寫作也不能絲毫彎腰和勾頸。與世事何人，萬皆如此，真是難為自己，迫不得已。

寫下這點兒寥寥說明，也是一種在這社會友人中的敬請諒解。

2014 年 11 月 30 日

遠藤先生，你好嗎？

——給遠藤周作的一封信

遠藤先生：

　　你好嗎？我這樣叫你沒有什麼不敬吧？你大約知道，中國人是因為敬而直呼其姓、並隨稱其為先生的。如我們今天稱謂魯迅多為魯迅先生樣。

　　遠藤先生，我知道你生於1923年的東京巢鴨，七十三歲的1996年得圓而逝。是腎臟病奪去了你的生命，也是腎臟病圓滿了你的人生。從隨手翻閱的資料中知道，你曾留學法國，也曾在年幼之時，隨父同母，到中國的大連歷經七年之童期。也還片片斷斷，知你一些別的景境情況，比如一生多病，篤信天主等等。可這些對我都不重要。因為我對自己的過去，都束而擱之，不甚關心。所以，也不甚關心另外一個作家的生平經歷。至今沒有讀完過一本完整的作家和藝術家的傳記。而其他偉大的政治家的生平記事，拿起書就總有一種抓了泥糞的感覺。深知己之狹隘，也是為了一絲寫作的清守。這如同有了雞蛋，再關心母雞的生平家世，便為多餘之事了。因為這樣，我把

對你所念所感的一切，只停留在文學的範圍，乃至於，只停留在《沉默》與《深河》這兩本書上。生怕多讀多知，會毀了已有的感受留念。文學的印記，一當存儲，便如春暖而花開。而一棵草荊為了來年的活色泛綠，所負出的冬季頻死的勞苦，他人他物，是多都不予關心的。我大約也是這樣的一類。只待見春日地綠，並不糾結草荊為了來年的生死苦痛。所以，在中國相當遲到的數年之前，讀了《深河》，又讀了《沉默》，對你和這兩本書的深沉記憶，猶如佛塔般建立起來了。苦痛美好的感受，如同深埋在地下的白雲，真的是生怕稍一觸碰，美就氣散而失。對於一個同為寫作者的讀者，我深知一字一詞所藏匿的晶瑩之脆，進一步的觸摸，將是多大的危險。而當一本、兩本小說在頭腦中已經建立起光耀的佛塔後，那麼，最好的使佛塔不倒的方法，就是不讀或慎讀這位作家別的作品和其生平傳記。我是這樣來保護我頭腦中每一位作家的佛塔記憶的。一如擔心黑暗，就永遠停留在光明之中。人類之所以要發明電的光照，也多少隱含了這層道理。

　　格雷厄姆‧格林（Henry Greene）讓我深嘗了塔倒的心酸。《權力與榮耀》（*The Power and the Glory*）直立而起的偉大的神位，也輕易就被他其他草率的寫作所擊碎。想到沙林傑（Jerome Salinger）為一本《麥田捕手》（*The*

Catcher in the Rye）有序有算的神秘匿躲，也便有着會心的訕意之笑了。而胡安•魯爾福（Juan Rulfo）寫完《佩德羅•巴拉莫》（Pedro Páramo）的決絕息筆，那怕他為了擱筆曾經吞咽過煩惱的苦果，他也終還是行盡了天意的安排。來之神賜的傑作，對於任何一個受困於天賦的作家，都必然不會太多。可是，又有誰不是受困於天賦的作家呢？上帝是人世最為忙碌的無形者，他確實沒有能力光顧到每一個人的命運。何況除了作家，哪怕是一個農民，也需要上帝光顧而賜他耕作的靈感。由此，讀了《深河》與《沉默》，我把對你的這種因愛而苦、因苦而絕美的一種文學執着，視為一種對愛旁無二顧的靈魂摯絕，而且將這種摯絕樹立在了格雷厄姆•格林塌倒的廢墟之上。為了留住這份美好的摯絕止境，我常常有意地躲避對你其他作品的閱讀。盼望有人將你全部的作品都譯到中國，又覺得不譯也好。有這兩本也就足矣，足夠鼎立起一個作家一生寫作的努力和全部作品的峰頂之高。

　　是的，也正如你臨終之前，特囑親人務必將《沉默》與《深河》兩書放入靈柩一樣，你是深知此二作品在你一生寫作中的天大地大、山高海深之意義。無論你從哪裏理解你的小說，但作為中國的讀者，都將與你的原意有着甚多或些許的偏差。好在，當海嘯把高山造立起來後，山就

是山，海也就是海了。彼此是不同範疇的兩個情景。今天，《沉默》與《深河》，已是讀者普遍的心物，而不僅是你的靈柩之書。我讀它，也並非因為它是所謂的「諾貝爾文學獎錯失的不朽名著」[1]，而是它「因愛而苦、因苦而絕美」的文學執着和你靈魂的決然摯絕。這樣的感受，先是從杜斯妥也夫斯基（Fyodor Dostoyevsky）的小說裏有過大量的獲取，後來就漸次稀了斷了。尤其在二十世紀的寫作中，作家總是被技巧和主義的皮鞭，抽得氣喘吁吁，遍體鱗傷，留在文本上主義的結痂，像涸流之岸凸現的粼粼堤壩，因此讀到《沉默》中吉次郎的出現，就覺到你與苦難、愛和寬容的渠道，連通了杜氏那條深寬的河流，讓作家的靈魂之水，又在那乾涸中有了濤濤之聲。實在說，對於《沉默》整個的故事，這種罕見的迫教滅絕，就小說而言，1940 年出版的格林的《權力與榮耀》，已經寫得相當的充沛和澎湃，讀之讓人在激流中浮沉生滅，惴惴難安。然而，二十世紀的世界文學中，並不會因為已經有了《權力與榮耀》，《沉默》就在這一寫作中失去它的光輝。故事是一樣的殘酷而激蕩，敍述是一樣的激情而澎湃，而格林筆下的威士忌神父，在朝墜落的黑暗中滑落時，而朝向

1　中國版的《深河》與《沉默》的封面廣告。

了殉道的峰高處上升；而你筆下的司祭洛特里哥，則與此相反，同工異曲，在走向殉道峰頂的高處時，不得不為了信徒們的生命而朝黑暗的低處猶豫和降落。然而，二者單是如此也就罷作了，無非是同一迫教故事在不同年代、不同地域、不同的講述而已呢。可是，吉次郎在故事中的出現，挽救了這一切，豐富飽脹了整部的小說——一個棄教者反覆的背叛、懺悔；再背叛，再懺悔——這個在你的教義中被視為「如狗一樣」，總是露着黃牙、散着口臭、有着如蜥蜴般膽怯眼睛的人物，卻在你的文學情懷裏，被你賦予以最大的來自黑暗和苦難的力量。當「他（吉次郎）如幼兒纏着母親，繼而發出哀求的聲音。『我一直欺騙着你。你不聽我說嗎？神甫如果輕視我……我也會憎恨神甫和信徒們……我天生就是弱者，上帝卻要我模仿強者……神甫，像我這般懦弱的人該怎麼辦才好呢？……我做了無可挽回的事！看守，我是天主教徒，請把我也關進牢裏吧！』」[2] 讀到這兒，吉次郎作為故事構成的一個次要的附件，卻已經擠走了所有的主件和主體，佔據了人物靈魂的高位，一如天宇邊遠的星辰，卻發出了更為耀眼的光照。司祭的苦難，是來自迫教者他人的黑暗，而吉次郎的苦

---

2 《沉默》（南海出版公司 2009 年 7 月版，林水福譯），第 127 頁。

難，卻來自他背叛卻不能真正棄教的內心。在他內心的黑暗中，從來都沒有熄滅過一個弱者守教的那一絲光明。

這就是吉次郎的靈魂！因此，遠藤先生，無論你在宗教中多麼的虔誠，我還是要視你為文學的聖徒更勝於為宗教的信徒。因為你在文學中所有的不是信徒而是基督般的情懷，使得吉次郎那細弱、骯髒的靈魂，總是閃爍着逼人顫慄的光輝。而你，對這個內心黑暗、又從來未曾熄光的人的寬恕、包容和愛，使得《沉默》的整部小說，都讓人體悟着你對黑暗與苦難從不撒手的擁抱；顯示着你無論是作為作家還是信徒，對整個人類的生命——那怕是罪惡的生命的愛，都延續了俄羅斯文學中的敬天敬地、天道人道的偉大情懷。

而到了《深河》，你又把這種純粹的關於宗教文學中天愛博大的靈魂，降落到人世的凡塵。在所有相關正面書寫宗教題材的偉大寫作中，如霍桑（Nathaniel Hawthorne）的《紅字》（*The Scarlet Letter: A Romance*）、辛格（Isaac Singer）的《盧布林的魔術師》（*The Magician of Lublin*）、格林的《權力與榮耀》，還有你的同胞三島先生的《金閣寺》等同有世界意義的小說裏，唯有你的《深河》，是真正把與天相連的宗教，拽回到與凡俗相連的塵世。其餘，說到底，精神是屬人類的，而產生那精神的生活和人，都多

是有着信仰的生活和教徒們。但,《深河》卻是不一樣。你讓與天相連的宗教精神,那麼恰切地降落在了「非教人」的凡世和人生。無論是相關生死的磯邊,還是總是嘲弄宗教、玩世不恭的現代日本女性美津子,或是從戰爭中活下來的木口,再或為相對單純的童話作家沼田,一切的人物與生活,都是宗教生活之外的凡塵煙火、人世糾葛、欲望貪求的煩亂和無法滿足的惱苦,除大津之外,幾乎所有的小說人物,都不屬「教中人」。而大津,卻又是對任何宗教都持有疑問、冥頑固執於自己對神與精神理解的人。這些人們,與其說是你借一次偶然的到印度恒河的旅行,把不同的人物集中在了一起,倒不如說是你借機把塵世的煩惱和偏執的欲求,讓他們全都帶到恒河進行了一次宗教和精神的滌洗。做為讀者,我並不滿足於你把故事在旅行間的構置,太多的巧合,讓我一直擔心小說的精神,會在故事巧架上的坍塌。然而看完之後,就不得不敬重你 —— 遠藤先生,你用唯你所有的巨大的愛的能力,化解了這種戲劇性的故事橋架。於是,當你把巨大的愛從與天相連的宗教,拖拽到凡間塵世的人的生存困境時,你又一次用你從未弱減的基督般的文學靈魂,去灌注了人類凡世生活的無精神的空白。在《深河》中,單是你把宗教從天上拽回到人間、將精神灌注到被人生煩惱集擠到毫無空隙的人世凡

俗這一點，《深河》就在同類的名著中，有了不同凡俗的文學之價值。於是，因為你的寫作，讓我回頭去觀望二十世紀文學時，忽然再次明白了那個被我們忘記了那個真理般的常識：

心有多大，文學就有多大；靈有多重，文學就有多重。

由此說去，二十世紀文學中一切過度的主義與技術，在靈魂面前都會顯出它的輕巧和淺白。然而，無論是《沉默》，還是《深河》，又都不是純粹的無技巧的寫作。如《沉默》中，你用「薛巴斯強·洛特里哥書信」設置的第一人稱的四章前言，之後才是所謂正文目錄中起自第五章直到尾末的第三人稱的敍述。而《深河》中，人物分頭的物語和人物集合後的分章講述，則構成了小說的「片斷式組合」結構，如同使讀者參觀畫展一般，每個片斷的人物物語，都是人物獨立的人生畫卷；而這些獨立的畫章畫卷，被組接起來，又成了彼此相連、決不或缺的整體的長卷畫廊。「回敍片斷＋前敍組合」，成為了《深河》故事講述的現代呈現。讓讀者體味了你對二十世紀文學「怎樣寫」整體的把握與理解。儘管這種講述上的方法論，還不可與給二十世紀文學帶來革命性變化的卡夫卡（Franz Kafka）、喬伊斯（James Joyce）、福克納（William Faulkner）和拉美文

學中的傑出作家們相論同說，但你在寫作中那巨大的作家靈魂的自我呈現，卻也不是那些帶有文學革命意義的作家們，人人都有的深沉而闊大的存在。你的寫作，恰恰彌補了他們在文學革命中對人性和人的靈魂的輕慢。

……

尊敬的遠藤先生，關於我對《沉默》和《深河》的閱讀感悟，碎碎片片，因應日本朋友相邀所寫的字數之限，此信就只能到這兒收筆打住，餘話留在後信中慢慢贅述。對小說中還有一些閱讀之憾，也會在後信中坦蕩直言。之所以願意以信論感，是緣於你生前要將此二著作裝入你死後的靈柩，所以我也相信，二作將會與你在時間中永遠同在。如此我想，當你在填柩中回想、再讀你的《沉默》與《深河》時，也許可以聽到這遠在中國的閱讀回憶的呢喃。

閻連科

2016 年 12 月 28 日

中國籠鳥

　　談論自由，在我是一種奢侈，彷彿淵暗處的荊野，每日望着一束光暖從它面前悄然走過，而不曾得到那光暖的多少照耀。世界已經被上帝劃定了各種區域，註定有的地方光足到炎熱難耐，對光的揮霍，如要脫掉身上多餘的衣物；而有的地方，寒冷久遠，看見從門前靜靜流過去的光，會如饑餓瀕死之人，看到了被扔掉的一盒食物般。這亦如一隻被關在鳥籠裏的鳥，為了能讓主人每天把它提到門外去，掛至簷下或樹上，就傾其所有而歌唱，哪還敢奢求自己有一日飛向天空去滑翔，或者在任意的枝頭跳躍和啾啁。

　　中國人近年愛說一句切膚而又輕趣的話：「有人活着可以揮金如土，而有的人僅僅為了活着，卻已經竭盡全力。」這也正如那隻被關在籠裏的鳥，其全部的努力，也就是討好主人，恩准將它從陰暗的屋角，掛到屋外明亮的簷下。但也因為這一掛，它卻看見了藍天、白雲、日光和從這兒飛到哪兒去的同類們，明白了那些身心二間，皆俱都有的自我、自在的大自由，正如它的同類在曠野中饑可

覓食、渴有水飲，而在肉身飽食之後，又可身隨心欲，心跟神去的飛翔與鳴叫，過一種既可攀枝而歌，又可凝雲滑翔，也還可以無所事事時，隨意在哪兒鳴叫或嬉戲的那種真正屬鳥類的自由之生活。

於是鳥籠裏的鳥，就每日望着籠外的鳥，忖思了有關自由的三種境界和境況：一是身心二間俱有的大自由；身心合一，去來由己，把生死命運交給天空、荒野和枝丫。二是飽食肉身，為主人歌唱，以歌聲換食糧，以美羽換籠門，可以出籠飛在主人的手上或肩頭，再或主人家的椅背上、桌子上，甚或去落在主人家庭院、花園的枝頭上，過一種日出離籠、日歸而歸的有限的肉身自由之生活。第三種，就是那種永遠訓練不好的籠中的八哥和鸚鵡，無論你怎樣以饑餓、美食、渴飲來折磨或者引誘它，它都餓極不食，渴極不飲，只是一味的從籠子的縫隙望出去，死死盯着籠外的天地、枝葉和曠野，身在籠子內，心在籠子外；寧可身子死，也求心自由。如此也就終於有一天，主人將籠裏的糧食和籠外的死亡擲在它面前，由它二擇一選時，籠裏的鳥，義無反顧的選擇了籠外之死亡。

主人就把這鳥摔死在籠子外面了，將其屍體拋在了天空和曠野。從此這個已經餓到只有骨頭和枯乾羽毛的鸚鵡或八哥，生命就從世界上消失了，魂靈便在天空飛翔了。當然也從此，鸚鵡的種類裏，有了一種「不籠鸚」，它們

是一種不易人馴的鳥，人們在養馴鸚鵡時，從不收養、籠馴這種不籠鸚。也從此，這種鸚類中最不被人待見的不籠鸚，就成了終日和終生，都在曠野、天空飛翔自由、無羈無絆的自由鳥。也由此，使人想到今日中國人的生活和中國作家之寫作，恰在籠鳥忖思的第二種境界裏——物質豐肥，精神瘦枯，每天在規劃的範圍內起音唱歌、蹁躚舞蹈，但他（她）也因此，正可以嘲笑永遠在籠裏出不來的人和永遠不被籠子喜愛的人，如在籠裏肥食足水的八哥、鸚鵡般，落在門口定規的枝頭上，討歡主人，嘲笑路人，看到曠野風雨中覓食不得的同類們——尤其那些因為無邊的自由，而撞在荒枝野木上頭破血流的，不免會由衷地生出聲震寰宇的笑；而看到被主人提在籠裏永遠沒有出過籠的鳥，又不免會生出不屑的白眼和睥睨之言語，說對方連籠外的空氣都未曾呼吸過，更不要說用翅膀在天空滑翔奮飛了。進而言至我們的寫作去，也正是這樣的範圍和腔調，嘲弄西方對傳統的丟棄和失守，被無邊的自由所放逐；批評東方他人的不現代，正被一種毫無自由的羈絆所籠牢，而只有我們自己、自己的，方是最好、最好的。

至於我，大約也是這樣一種人——只不過是一個近乎無恥到總是吃着人家的飯，而又挑剔飯菜做得不好的人；是一隻吃住都在人家的籠子裏，又總是盯着籠外天空的

鳥。可要讓自己真的去做一隻不怕死的不籠鳥，便會覺得不如像蕭士塔高維奇（Dmitri Shostakovich）那樣活下去，其時創作的交響曲，不也正是一種籠鳥的偉大藝術嘛；而從天空傳來的不籠鳥的自由歌，說不定還要歸位到天空中的噪音裏邊呢。

2018 年 3 月 17 日，香港

文學的唯一目的是發現
每一個人的生命之價值

文學與和平，就如同人與太陽的遙遠一模樣。它們彼此的關係，又一如草原上的花和奔馳的馬，或說一棵山頂的樹和空中的流雲之牽連，說有亦有，說無亦無。

我一向覺得文學是文學，和平是和平，宛若戰爭是戰爭，農田是農田。然在來參加這次文學大會時，我不再這樣認為了。我發現了文學的豐富是包含和平的。這不是說我們寫作時可以寫作戰爭與和平，寫動盪與平靜，寫人的靈魂的征戰與不安。而是說，文學的意義在於我們凝視黑暗時，從來不疏忽黑暗中的光；在敬仰英雄和力量時，從來不記忘弱小與虛寂。文學的偉大和美，就在於它超越了常人的愛；它能看到黑暗中的光；看到齷齪、骯髒中人的素潔和神聖；看到一片死寂和死亡中生者的眼淚和嬰兒燦爛的笑。一句話，文學最終的目的，就是要求每個作家以

最個人的方式，發現每一個人的生命之價值。舍此，我們再也找不到文學與別的學科相比而存在的更高之理由。

　　曾經在十幾年前聽說過一樁事，說中國新疆的維吾爾和哈薩克民族，他們直率、好酒、善歌舞，也好在酒後鬧鬥鬥。但不是所有的民族同胞都這樣。說有一位維吾爾族的大媽，有一次到城裏去趕集，回來因為長途跋涉而疲勞，於是就在落日中坐到路邊歇息着，然就在她歇息疲勞的路邊上，她發現了兩個喝完酒的酒瓶子，酒瓶邊的草叢裏，還有一捆幾包用草紙包好的中草藥。她知道這是她的同胞到城裏為他的家人治病抓藥後，回來路上歇腳喝酒忘在這兒的。她知道，在那些中藥的背後邊，正有着一個身為父親或母親的老人躺在病床上，翹首以盼，等待着這些中草藥；或者是兄妹、姐弟、再或是兒女們，他們正舉着病重瘦黃的臉頰，坐在或站在乾打壘或者薩克包的院落前，在落日中等着那個親人提着這幾包中藥回到家裏去。於是，大媽就提着那一大捆的中草藥，站在路中央，等着那個返身回來尋找中藥的人。她從落日等到黃昏，又從黃昏等到深夜，就那麼在路上站站坐坐、坐坐站站，直到下半夜，確信那丟了中藥的人不會回來了，她才提着那幾包中藥回家去。可在她回到自己家裏時，又總覺得那些藥後

邊，有一張愁容慘慘、病入膏肓的臉和目光在看着她。於是她一夜未眠，第二天，天不亮她就又提着那捆中藥回到原來的路上去等那返回找藥的人。

可是第二天，她仍然沒有等到那個返回的人。

第三天，她一早繼續到那個地點等……就這麼，第四天、第五天，直到一周後，大媽沒有等到那個返回者，就在公路中央搬來了許多石頭，壘起了一個高高的石堆，然後又找來一根竹杆，將那一捆五包的中藥繫在竹杆上，將竹杆插在那堆石頭上，讓那捆中藥高高的舉掛在公路中央的半空裏，像在人類的廣場正中央，豎起了等徒風來而展開的一面兒旗。

這個故事碑文樣一直刻寫在我的頭腦中，這一刻，就是十五年。十五年來每當我想到文學、想到愛，想到文學最重要的目的就是發現每一個人的生命價值時，我就會想到這故事。甚至說，我會從這個故事中去理解全部的文學之要義。文學應該頌揚英雄、偉人和驚天動地的業績。我們不能否認，人類歷史的前行和社會進步的每一輪，每一腳，都有着偉人、英雄之功業。而且還似乎可以說，沒有偉人、英雄的存在，也就沒有人類之今天。一如中國家喻戶曉的民族英雄關羽和岳飛，誰都不能否認他們為國家和民族的完整和統一，所做出的巨大貢獻和犧牲，詩可吟，劇可頌，史書可以千卷萬卷的書寫和褒揚，甚至他們還可

以成為中國英雄中的英雄神，被塑在千千萬萬的廟宇裏，張貼在千家萬戶百姓家的正堂屋或者春節時的門框上，但若你是一個作家了——我是說你是一個真正的作家了，你就應該不僅看到關羽和岳飛的偉業和功績，還要看到他們流出來的血和他們刀下別人流出來的血。

這不是說每個英雄的站立之處都有累累的白骨和死亡，而是說，文學不僅要關注英雄的成敗和艱辛，而且還要關注非英雄生命的價值和意義，乃至在相當程度上，文學的意義更在於關注那些「無價值」生命的意義和價值。

我相信上帝把每一個人的生命作為禮物送給人類時，每個人的生命的價值都是一樣的。大國、小國，大民族、小民族，強者、弱者，乃至於一隻螞蟻、一條狗、一個罪犯的生命文學都有值得關注、疼愛、憐惜和敬仰的價值在裏邊。文學只有永遠散發着它對每一個人的生命的愛和尊重的信息時，才會使讀者對文學保持着永恆不變的敬。發現卑微者生命的美，揭開羞恥者的羞恥、並在羞恥之下讓人看到羞恥者作為人的一點兒的柔軟和餘溫，這是文學應該保持的揭示和發現。如果沒有這發現，那種揭示、揭穿、揭露和批判，都會顯得簡單和粗陋。《戰爭與和平》（*War and Peace*）中的貴族、將軍的靈魂與精神，固然值得我們尊重和敬仰，但契訶夫（Anton Chekhov）一生致力於對弱者、凡人、小人物和卑微生命的發現與書寫，也才

使他成了今天的契訶夫。在對人的愛和對生命意義的發現與揭示上，契訶夫決不輸於托爾斯泰（Leo Tolstoy）。就對弱者生命價值的發現言，我以為他比托爾斯泰更為傾心和專注。

一隻螞蟻被大象踩死了，我們沒有看見螞蟻的死，這是我們人類的傲慢和粗野。

一隻大象被旅遊的人群騎着戲耍時，一個作家看見無所思忖時，那麼這個作家就正在失去內心的敏感和對他所從事的文學的愛；正在失去着作為作家的一顆基本心。要看到那個維吾族大媽站在路的中央在等待丟失者的返回時，大媽手裏捧的不是幾包中草藥，而是一個生命對另一個生命的理解與疼惜；而她把那幾包中草藥高高的豎在半空時，她豎在那兒的，正是已經打開、播撒的關於一個人深愛他人、深愛生命、並天然深知每個不相識的生命都和自己的生命有同等價值的真理和來自上帝的箴言。

大媽不是作家，但她是被上帝派到人間傳遞文學真諦的使者。

大媽不是神靈和英雄，但她看到了一包中草藥後邊的一個生命垂危者的等待和目光。

大媽的普通和庸常，一如她在路邊看到的被人喝過而丟棄的酒瓶兒，可在這個普通的瓶兒裏，卻盛着文學關於對人之恒愛和對生命全部的理解和真言。

到這兒，大媽、中藥和生命的故事似乎結束了。關於文學與愛、與生命那被許多人說過的法道、經言也盡了。如果是這樣，我想這個故事不會在我頭腦中生命不息的印刻十五年，而且一年比一年都更為清晰和深刻。這個故事後來的延續和反轉，會讓許多人聽了發笑甚至覺得無聊和多餘。但在我，也正是因為故事在後來的反轉和發展，才更讓我感慨和深思，甚至在回憶中震動並永遠的難忘和回憶。言簡意賅，一言以蔽之，就是這位偉大的維吾爾族大媽 —— 另一個偉大民族的母親，一位人類的聖人和思者，她把那包中藥繫在竹杆上、並高高插在她壘起的一堆石上後，她並沒有就此息止，而是每天的黃昏都要從自己家裏出來走上幾裏路，到那路上看看那包中藥被人取走沒。她擔心下雨起風、擔心那包中藥毀沒在自然曠野中。但上天終於沒有在這些天裏颳風和下雨；終於在她將那包中藥旗幟樣舉在半空後的又幾天，在一個黃昏時，她再去看望那包中草藥，那包中藥不在了。堆在路中央的石頭也被清理到了路邊上。於是間，她徹底放了心，知道那包中藥被人返回取走了。

　　一個生命可能得救了。

　　這樣兒，她的生活又恢復到了她往日燒飯、牧羊、打柴草的庸常軌道上。如此過了一個月，整整一個月，天氣由夏天轉入秋天後，有一天，她正在那四野無鄰，只有

她一戶人家的乾打壘的院裏喂雞喂鴨時，她家半塌半立的土院門前出現了一個哈薩克族的大叔中年人，他高大、黝黑，臉頰上是粗糙鮮明的高原紅，肩上的搭子布袋裏，裝滿了糕點、酒和可以過冬的肉。

他是來感謝大媽的。

他說一個半月前，他家的一頭老牛生病了，他去城裏抓中藥，回來路上歇腳將藥忘在哪兒了，沒想到十幾天後他又去城裏準備再給老牛抓藥時，發現那中藥繫在一根竹杆上，插在一堆石頭上，在那路的中央等他召喚他。他說他家的老牛現在吃了那藥病好了，他也終於找到了那拾了中藥還繫在竹杆上的人。他說他是專門來感謝大媽的，説着把他背的禮物取下提在手裏邊，笑着尋問大媽道：

「那麼大的藥包兒，你看不出來那是牛馬草藥嗎？」

大媽就怔怔立在中年面前盯着他：

「牛馬的命就不是命了嗎？」

哈薩克大叔無言語了。他思忖一會點點頭，感悟到了牛馬畜生的生命也是命，就將手裏的謝禮提到大媽屋裏去，中午在大媽家裏吃了飯，又喝了一點酒，離開大媽家裏時，就不停地點頭嘟囔着：「都是生命呀！都是生命呀！」和念經吟典、背誦真言一樣喃喃呢呢走掉了。

這是我聽到一則完整的維吾爾族大媽和哈薩克大叔關於對生命理解的隱喻和故事。這個故事在我們中國漢族的

文化看來有些離奇和不可能。因為我們不相信一個大媽會撿了一包中藥，就那樣堅持不懈的十天左右等着那返回尋找的人。或者說，不相信她透過那包中藥能看到另一個生命的垂危和等待；不相信哈薩克同胞一個月後會提着禮物去返謝，會感悟到畜生的生命也和人的生命一樣值得愛。換言之，我們相信自己生命的重要性，可我們沒有設身處地的真正思考他人的生命和我們自身的生命有同樣的重量和價值。我們總是體會自己的生命是生命，而疏忽他人、弱小和卑微者的生命也是由血肉和呼吸組成的。而現在，讓我們從文學的角度去理解這則民間、民族故事時——那怕有人把這則真實的故事理解為是一篇小說和虛構，它也還是如同古希臘神話和《聖經》故事樣，向文學和作家再一次寓言、醒示了以下幾點兒：

一、 文學最重要乃至唯一的要義是，發現和尊重人類每一個人生命的價值和意義；哪怕這個人周身都是骯髒和罪惡，他的血液也還和我們一樣有着生命的熱。

二、 尤其在中國漢文化的血液裏，作家要和這位維吾爾大媽——另一個民族的偉大母親樣，看到一包藥後不相干的他人生命的苦痛、掙扎、困頓和不安，那怕是卑微的牲畜動物、一蟻一狗、一草一物的生命也是命，也是人類的組成和血液。

三、所謂人類的和平，正是要召喚人們對所有、所有
　　的人—生而為人的尊重與生命的愛。而文學，恰
　　恰在這方面有着最潛在、久遠的溫熱和力量。

2018 年 10 月 3 日

光州隨想

　　光州這一隅地是被《逆權司機》（*A Taxi Driver*）帶來的。那是一部被正義的激情過度衝擊的電影，像暴雨對泥土的沖刷，無論那塊記憶的土地上，有多麼鮮好的植被、花草和大自然的美，當故事的激情以不可抗拒的力量到來時，一切原有的美好和記憶，細微和柔潤，都已經顯得那麼可有可無，不值一提了。

　　原來，人類一切的美好，都必須建立在人的自由的生存上。倘若讓人失去了自由生存權，鮮花、美食和貌似公正的事物，都是人類醜陋的裝飾。《逆權司機》告訴我了這一點。告訴我了無論多麼小的人物和民族，在自由生存這一點，與大、與闊、與所有的權力和執政者相較相論時，彼此在自由和人的尊嚴上，都是相同、相等的。在中國，常識已經不在，時勢到了面對常識，人們必須以捍衛的姿態才能講清 1 ＋ 1 果然等於 2 那樣被人類千百年的努力證實了的事。於是，人要有尊嚴地活着，人要有最基本的自由權和民主權這樣簡淺的理道，都是不能公然地說明與討

論，就像一個愛電影的人，不能公然看那部《逆權司機》的電影樣。

然而我，終於有機會看了這電影。

終於知道在亞洲的南韓有座城市叫光州城。在光州的1980年5月的時間裏，那裏的詩人、作家、記者和知識分子與百姓們，為了人的最簡單的自由生存權，他們從懦弱中醒過來，站直了他們跪下的膝蓋，挺直了他們總是向主子躬彎的胸膛，向執政者大聲地換出了「不！不！不！」當然，子彈從他們胸膛穿射過去時，就像彈弓在小鳥們面前舞射般，棍棒、水槍、坦克和所有能夠被權力和專制使用的暴力，都如皇權在生日宴上擺放在餐桌上的花。

於是，血像河一樣。

屍體像山樣。據說用鋼鐵密封的垃圾車，運走的人的屍體和人的自由與尊嚴，在那車裏堆堆疊疊，彷彿一場風暴掠過一片剛剛成林的樹木或草地，頭顱與殘肢，在權力面前就如田野、莊稼在風暴裏邊樣。可是，那又怎樣呢？生命沒有了，人的偉大的尊嚴卻被死者喚醒了。一個無顧的啞者的倒下，卻引來山呼海嘯般的為自由而活着的呼喚。一個並不聞名的詩人的遺作，因為書寫時蘸就了鮮血的墨汁，卻成了人類最為不朽的詩言。於是，光州不再是一域簡單的南韓之鎮城，而是了人類走向文明的一座被紀念碑砌就的偉大的城市和人類文明的歷史地標物。在那

座城市裏，每一棵舉向天空的樹，都在天空中書寫着「民主、自由」的字樣；每一塊隨處可見的磚塊與石頭，都在砌造着人類活着的尊嚴和自由權。

我是為着這份憑弔而來的，為着對那些靈魂的敬仰。所謂光州的文學節，只是引我到來的一個緣由和幌子，所以在 11 月 6 日走進光州 518 國立墓地後，我被那一片又一片常人、百姓和英雄的墓地所震撼，為明淨的空氣中能嗅到死者的血味而驚懼，也為後人能夠記住他們——讓記憶的河流涓涓滔滔而更為尊重韓民族和光州城。

從南到北、從東到西，山野、草地、墓群中的鮮花以及那些多半墓前年輕者的臉，還有解說者的聲情和故事，翻譯家的敍述和細節，一千座墓？一萬塊碑？那一切的一切，小路、大樹以及被人修整得近乎完美的草坪，這所有的所有，都成了我腦內永久銘刻的記憶。且與這記憶同時到來的，是從走進墓地的那一刻，從第一眼看到的一片墓地始，我的腦裏就開始揮之不去地縈繞着兩句話：一、敢於記憶的民族是一個偉大的民族；二、在我所處的九百六十萬平方公里的國土上，能夠從哪兒劈出一平方或者一畝地，讓那些為了人的自由而倒下的人們和這兒的靈魂一樣歸有所得的安息呢？從這句問話在我頭腦產生始，到兩個小時後，眾人離開墓地終，這疑問再也沒有離開我半步，及至到了後幾天的文學節，我想的都不是文學而是

這疑問。乃至離開了光州兩個月，我的頭腦中也還是這疑問和那漫山遍野的國立墓。

我為韓民族記憶的勇氣而崇敬。

為一個國家對記憶的恐懼而自卑。

2018 年 12 月 22 日

被我走丟了的家

有的人永遠生活在村落、城巷和房子裏；有的人永遠生活在村落、城巷和房子外；還有些人，註定是一生都來回行走、徘徊在村落、城巷和房子的裏邊和外面。

二十周歲時，我因為當兵離家而第一次坐上了火車，見到了電視機，聽說了中國女排，吃到了無限量的肉餡包子和餃子，知道了小說有長篇、中篇、短篇的三分法，並在 1978 的軍營裏，撫摸、敬拜了中國的文學刊物《人民文學》和《解放軍文藝》的墨香與莊重。並且還聽說，北京那兒有家專門談論文學的刊物叫《文藝報》。翻過這個承載了過多歷史的年頭後，我在師圖書館一本書的封面上，看到了金髮碧眼的女人慧雲•李（Vivien Leigh），愕然到被美帶來的驚懼所懾獲，站在那兒足有幾分鐘，木呆呆不知道那時候我的人生正被書籍重擊着。我無法相信，原來外國人長得是這樣。不能理解世界上竟然還有和我們長相完全不一樣的人。我把那印有《亂世佳人》中慧雲•李豔照的三本小說帶回到連隊白棺材般的蚊帳裏，用三個晚上看

完了瑪格麗特・米切爾（Margaret Mitchell）上、中、下三卷本的《飄》（Gone with the Wind），模糊恍惚間，明白了之前我對閱讀和故事的理解是多麼偏頗和錯謬——我一直以為全世界的小說都和我讀過的紅色經典、革命故事樣，可情況卻完全不是那樣兒。於是我開始閱讀托爾斯泰、巴爾札克（Honoré de Balzac）和司湯達（Stendhal）。冉阿・讓只要從《孤星淚》的文字中走出來，我的手上就會出汗、不安和驚恐。為了抵抗閱讀帶來的躁動和驚懼，我需要不斷地合上書頁，自己把自己雙手的關節捏得啪啦啪啦響。

讀《包法利夫人》（Madame Bovary）時，我不知道為什麼在嚴寒的冬天會半夜從床上爬起來，獨自在軍營的操場上，莫名地跑了一圈後，才又回去爬到床上接着將書一字一字地吞到肚裏去。

是美國的作家米切爾，把我帶進了另外一個世界裏。她就像穿着隨意、有些俗艷的使女牽着我的手，將我領進了神聖、莊重的教堂樣。這讓我時時都記住那個深冬的寒夜間，天空皓白，村裏酷冷，我家門外的流水聲和水流漸次成為岸冰的凍結聲，刺骨的響在我的耳邊和村落上空的靜寂裏。那時候，1978 年底，我要當兵了，必須在晨早雞叫三遍後，到公社的大院坐上汽車至縣城武裝部的大院去集合。於是間，我一夜未眠，盯着窗外的冷月和寧靜，直

至聽到村街上有了誰人的腳步聲，才慌忙起床去站到父親的床前邊，望着他多病、瘦黃的枯臉說：

「爹——我走了……」

而這時，父親和我一樣一夜沒睡覺，他從被窩伸出他黃枯如柴的手，把我的手捏在他手裏，喘喘噓噓囑託到：

「走吧你……走了就努力出息些！」

這是我二十周歲要離開家鄉時，父親對我說的最為平常、深重的一句話。這句話的份量、力量如山脈托舉着我的灰暗和未來，讓我青春的茫然彷彿走不出的荒野般，直到米切爾把我帶往那些神聖的文學著作前，並幫我將一扇完全不一樣的大門推開一條露着光的縫。

我開始了真正意義的閱讀和寫作，並試着投稿和發表。1979 年發表的今已丟失的第一個短篇，8 元的稿酬，如今天的八十萬樣讓人激動和興奮。用 2 元買了糖和香煙送給連長、排長和戰友們，另外 6 元錢，和三個月的津貼攢湊在一起，終於夠了 20 元，趕急寄回家裏讓父親買藥吃。及至後來幾年在身為士兵的年月裏，每年都有一、二的短篇所發表，掙來的稿費從十幾元漲到幾十元，我都一一從郵局寄回到座落在河南嵩縣的田湖村，再由母親或姐姐替父親把錢送到鎮上的藥鋪和醫院裏，直到我因為寫作而提幹，因為寫作而結婚，並隱隱覺得自己有一天興許

會成為作家時，父親覺得我真的出息了，有業有家了，他可以撒手人寰了，就在我剛結婚不久的日子裏，用電報把我和妻子召回去，然後他就又是留戀、又是毅然的和我及家人訣別了。

那時候，1984年冬，我和妻子火車、汽車的在一個午時趕回家，那個鄉村的院落已經擠滿了人，姐姐、哥哥、鄰居、醫生都在屋裏、院裏茫然的站着、蹲着或者低語着，待我快步地踏進了那個院落時，幾乎所有人的臉上都哀慌慌的鬆了一口氣，同時從嘴裏低聲吐出了三個字：「回來了……」不知是問我還是自語着，然後閃開一條道，讓我急急到了父親床前去。那一刻，屋裏燈光昏暗，父親的臉色和那昏暗混在一融裏。我快步切急地衝到父親床前邊，慌慌忙忙叫了一聲「爹……」而父親，那時依然躺在他十幾年都躺着的那個床邊上，看着我臉上露出熱切慘淡的笑，用幾乎難以讓人聽到的聲音對我說：

「回來了……吃飯去吧……」

這是父親一生對我說的最後一句話。就在這句話後不到一個時辰的時間裏，父親就在我的懷裏去世了，力盡了他辛勞、凡俗的一生，宛若一枚葉子落下時，如何用力和掙扎，那落葉的生成和旋轉，都沒有和別的落葉形成區別樣。

然在我，卻數十年裏無法忘記當兵走時父親對我說的那句——「走了你就努力出息些」，和在六年後，父親在他人生尾末我又站在他的床前時，他用他平生最後的力氣對我和這個世界說的最後一句話：「回來了……吃飯去吧。」——這樣兩句話，是中國百姓任何人都最常說的兩句話，平常到如將汗熟的衣服脫下或者穿上樣，值不得思深的考量和糾纏。可是我，卻總也忘不掉這樣兩句話。就是到今天父親死去的三十四年後，這兩句話也還楔子一樣楔在我頭腦裏。我總是把這兩句話聯繫起來想，將前一句話理解為父親讓我出去到世界上闖蕩和奮鬥，將後一句話理解為闖蕩累了就回家吃飯、歇息和補養。如同相信一間房子最後會繁衍成為一片村莊般，我相信樹會結果子，果子會腐爛、死亡或者生成新果樹。這個一切都是那個一切的重複和重演。無論是你一生都守在一塊土地上，還是你必須離開土地闖到哪兒去，命定的事情是不能抗違的。我們所能改變的，都是在命定範圍內，一如一切的成敗都必須在生死輪回中。

　　我從不去想超越命運的事。接受命運是我唯一應對世界的方法和主張。父親他讓我「走了就努力出息些」，我就為這個「出息」開始勤奮和努力。米切爾把另外一個世界給我了，我就在那另外一個世界裏思摸和觸碰，寫作和

讀書，掙稿費和立事業，然後累了就回到那個村落和土地上，同母親、哥哥、姐姐們說說話，為鄰居、村人們做些力所能及的事，然後息緩過來了，就從那個村落再往遠處走，到累了再回那個村裏、家裏歇幾天。我相信，徘徊在村落和遠途的來回間，是上天給我安排好的行程和反覆，如同公共汽車總是在一條線路上往復一模樣。

我知道我被世俗和命定所束縛，但我從沒有能力一味的對抗命運和命定。

我知道我一生的努力中，都伴隨着狹隘、奴性和無力，可也很少回家歇息後，因為懶惰就不再出門去遠行，哪怕一生都如公共汽車往復在別人安排好的路線上。

1985年，我的兒子出生了，母親從鄉村家裏到古城開封為我帶孩子。剛好那年我的第一個中篇發表在今已亡故的《昆侖》雜誌上，不到四萬字，有着近800元的巨額大稿酬。為這800元，我們全家喜得如又超生了一個孩子般。為慶賀這稿酬，一家人走進餐館狠狠吃了一頓飯，還又買了一個18吋的電視機。自1979年發表第一個短篇起，到1985年發表第一個中篇止，六年的努力和辛勞，我門家都知道其中的苦甘和酸辛。而母親，則拿着那厚厚的一本雜誌並翻着屬我的二十來頁的鉛字說：「就寫這麼一點就掙800塊錢啊，這比農民種地強多了 —— 這樣看，你可以一輩子就把這事做下去！」

我也覺得這確實比農民種地強得多，不需風雨，有名有利，異常值得一輩子終生不渝地做下去，且父親讓我走了就努力出息些，母親又讓我終生寫下去，我哪有停止讀書和寫作的來自家與土地上的理由呢。那麼也就接着讀，接着寫。在後來中國文學的黃金歲月裏，由我編劇的正能量的連續劇，連續三年都播在中央一套的黃金時間段，那稿費比小說來得快得多，也還多得多，於是每月我都給母親寄去她認為每天吃頓肉也花不完的錢，過着每年春節鎮長、乃至縣長和縣委書記都會到家裏拜年的風光好日子，使得我們整個村的人，都以為我離開村莊真的出息了，有了名聲了，連縣長都到我家坐坐並請我吃飯了。這樣兒，如一間房子不僅變成了一個村，而且轉眼又成了一座城市般，那些年月我家的精神和風光，真是酷冬過後的春日了，連房檐和樹枝上麻雀的叫聲都和人家不一樣。可事情到了 1994 年，我還如往日一樣寫作着，卻因為一部中篇的麻煩和糾纏，使我在部隊寫了半年檢討書，加之常年之寫作，日日枯坐，夜夜握筆，最後鬧到腰病、頸椎病同時病發，每天只能躺在病床上，連吃飯也得要人端着送到手裏邊。這期間，母親、哥哥、姐姐都從家裏趕到部隊去看我，見我不能走坐，還躺在一家殘聯工廠為我特製的活動架子下，身子敞開，頭面朝天，懸着胳膊在半空的活動板上寫作時，母親便又厲聲對我說：「你為寫作瘋了嗎？要把

一個好人寫成壞人、殘人嗎?」哥哥則看着那躺椅和架板評論道:「何苦呢……好好活着比你要寫東西重要得多!」而我的姐姐們,則都說了一模一樣的話:「我們的日子過得很好了,你用不着這樣躺着還天天寫那讓人不喜歡的東西呀。」

然後是一家人的沉默和無言,一家人勸我要麼不要寫,要麼實在想寫了,就寫人家喜歡的——比如還寫中央台播的電視連續劇。今天回憶那時他們說的話,我理解那不僅是他們說的話,而是一個村落和一片土地的聲音和靈悟,是我命運走向岔道後,扳道工的體悟和糾正。而那時,我不能理解來自土地的聲音和精神,只是為了讓他們放心回家去,就一連連地點着頭,如寫作檢討般的認真和虔誠,直到他們都離開回到了只屬他們的土地上,我又開始躺在殘聯為我特製的椅架下,繼續寫作《日光流年》那本書。直到《日光流年》後,寫了《年月日》、《堅硬如水》和《受活》;並因為寫了《受活》而轉業;因為轉業又警惕放鬆寫了另外兩本更令人惱火的小說後,我們縣的一個領導在那年春節時,通過電話對我很正式地宣佈說:

「我說連科呀,現在我對你說句實話吧——你其實是我們縣最不受歡迎的人!」

聽了這句話,我轟隆一下頓悟到,我和那塊土地的關係發生了怎樣的變化和變故,就像一頭耕牛在不知不覺

間，脫韁重重踩在了每天侍奉它的把式身上樣，因此他們已經覺得我不是那塊土地的兒子了。

他們認為那塊土地上的兒子不該是我的這樣子。

當我得知我是那塊土地上最不受歡迎的人，我有三天都待在家裏沒出門。我不覺得這是一句可笑的話，也不覺得是一個人的酒後之亂言。它是那塊土地上的正強音，是那塊土地的態度和立場。這個時候我開始思忖我的寫作和我與那塊土地之關係。我發現那塊土地完全可以沒有我，而我卻不能沒有那塊土地和村落。沒有我，那塊土地依然會遵循着它已有的秩序和軌跡，日出日落，歲月人生，千年之前是什麼樣，千年之後還是什麼樣。而我若沒有那土地，我就不再是我了；沒有那村落，我就什麼也不是了。我思忖，我可能是從那塊土地上出來走得過遠、並忘了土地顏色的人。我在那塊土地吃了、喝了並帶走許多食物和用品，可以在很長時間裏不回頭地朝前走，這樣我就走得過遠了，差一點忘了自己家在哪兒了；忘了我出生哪兒、成長哪兒了；遠行得連那塊土地上的親人都不以為我和那塊土地有着牽連和割不斷的扯拽了。

我需要重新回到那塊土地上。

真的是那塊土地可以沒有我，但我不能沒有那土地。如此在那之後的幾年裏，我不斷地回家、回家、再回家，把寫作《我與父輩》和別的，當成一種贖罪和懺悔，讓自

己所有的情感都重新歸位到那塊土地上，回到父母、叔伯、鄰人和那兒的樹木、黃土上，直到自己覺得自己又是那塊土地的兒子了，覺得應該沒人會把我從那塊土地上再次甩開拋離了，才覺得我可以如父親說的那樣重新上路遠行了，可以為某種寫作的理願繼續努力了。然在我要繼續寫作時，我才發現我的思維已經成為碎石鋪就的鐵軌般，換道和更向，幾乎已經成為不可能的事。母親說的一生可以做的事，我只能要麼不去做，要做了只能那樣做。這時候的問題不僅是我寫了什麼或者沒有寫什麼，更直接的問題是，在寫作期間我遇到了千家萬戶也都遇到的事 —— 新買的房子要讓位給一條新修的路，新寫的書寄往所有的出版社和雜誌社，回話都是一聲「對不起」，加之那兩年，2011 年和 2012 年，腰病重到三天兩頭跑醫院，頸椎只要舉頭就需要一個醫療頸托把脖子硬生生的撐起來。人真是灰到烏雲凝固一模樣，生活和生命，最得體和恰切的說辭是，不死也不活。

真的累極了。

時常會想到死。

想到死了家人的一片哭聲和家人外可能有的暗笑和竊喜，也就覺得還是堅決、堅決的活着好。然後就遵着父親臨終前的言外之囑託，在 2012 年春節回到家裏過年去，

準備着任憑家人和那塊土地的奚落、批評和謾罵。然而那一年，一家人的春節卻過得意外的平靜和溫馨。去走親戚時，越過河水的流淌聲，如我少年時在田野狂唱的歌聲一模樣；和母親、哥嫂、姐姐們，一同看着《還珠格格》連續劇，吃着春節的餃子和炒菜，直到過了大年初五離開家，那塊土地和家人，都沒有對我和寫作説出一句品評的話。然終於年是過去了，該再次離家走去了，到這時哥哥才溫和的帶着一種苦笑哀求一般説：「回去你可以寫點別的東西嘛！你可以寫點別的東西嘛！」到我開車走上要回北京的高速公路口，去送我的外甥才替他外婆喃喃道：「舅——我外婆讓我替她交待你，説人不寫東西也可以過日子，你沒必要吊死在寫作這棵老樹上……」

我真的是要吊死在寫作這棵老樹上。

我知道我背離着父母、哥嫂、姐姐和村人們的初願走得太久、太遠了，就像少年出逃的一個野孩子，雖在夢中經常回到生他養他的家和村落裏，可他到了年過半百、歲至花甲，因為精疲力竭要返回故里補給和養老時，他找不到他的家在哪兒了。找不到生他養他的村莊和土地到底在哪了。不是家和土地丟棄了他，是因為他走得過久、過遠弄丟了家。這一如一個年少洗禮而為信徒的人，因為一直外出沒有碰到教堂或清真寺，也很少踏步廟宇和道觀，雖

心裏總是有神並日日時時敬着神，可歲月讓他忘了廟或教堂是什麼樣，回家時他心裏有神也認不出教堂和廟的那種建築了。

不是教堂把信徒棄絕了，而是信徒把教堂弄丟了。

談論故鄉是很輕淡的一件事，那怕可以說出有家不能回的故鄉才為是故鄉。我有家。我家所在的故鄉從來沒有棄絕我，每次回去幾乎所有的人都一臉燦然迎着我，甚或它們都以我為驕傲。可是我，從來不願、也不敢讓他們知道我用筆在每天做什麼。我是那塊土地的逆子和奸細。他們之所以在我每次回去時都還對我笑，是因為他們不知道我是那塊土地的出賣者。

常聽說，抗日戰爭時，在東北的一個村屯裏，有一個漢奸靠出賣親人美極的活着並過着好日子。據說他每次以生意和趕集的名義，到城裏給日人遞送情報後，回來都帶回許多當時難買的小件商品分給村人、鄰人們。村人、鄰人們，也都把這漢奸當成村屯和東北土地上最好、最善良的人，直到抗日戰爭勝利他被槍斃後，土地和村屯裏的人，都還不相信他是一個奸人、逆子和出賣黑土地的人。

我常想，在我的故鄉、土地、親人裏，我是不是也是那個靠出賣土地而獲取了名利並把日子過得不錯的人？以至於自己把家和土地都賣盡、弄丟了，那塊土地和家，總還敞開着大門等我回家去。這彷彿一輛出門去接了兒子

回家的車，車都被那個兒子賣掉了，那開車的人還在四處尋找着他要接回家的人。實在地說，我每年都回家。每年回家很多次。我回家我所有親人、鄰人、村人都知道我回了家，可只有我自己知道我沒有真正如早年一樣回到家。我人是回到了那塊土地上，但我的魂靈卻隱隱遠遠飄在那隅村落的田野和上空。我不願讓村人、鄰人知道我在外面都說了什麼話，做了什麼事，寫了什麼書，就像那個東北屯村的賊奸不願讓人知道他在城裏說了什麼話，做了什麼事。所以說，這些年我回家面對母親、兄嫂和所有的親人們，不僅總是溫順和沉默，且多還面帶微笑而沉默，總是不斷的為了點頭而點頭。無論別人說什麼，我都裝出一幅虔誠聆聽的樣。然而我知道，我和那塊土地已經隔着一堵被我豎起、並只有我能看見的牆。這堵隱牆的存在不是他們的錯，是我成了他們的逆子、賊盜和奸細，也才有了這面極為堵人、堵心的牆。我總是在執拗地做着不該做的事。在一條逆行的路道上，我走得偏遠或過遠，以至於我再也沒有能力真正返回到那個村落和土地上；且我也知道我的家人、村落還都必須要生活、生存在那塊萬年不變、永恆如初的土地上，而我又可能還要在已經過遠、太遠的路上繼續走下去。

世界是不變的，物事也是不變的。在我以為世界和物事都是永恆不變時，世界和物事其實也在悄然變化着。

就在不久前，今年上半年，我又為了歇息、補養回到了父親說的「回來了⋯⋯吃飯去吧」的那個村落和那個家，一家人吃了晚飯都在悶熱中，因為沉默像霾黑一樣壓在屋子裏，父親的遺像又總在桌上盯着我們看，於是母親、哥嫂和姐姐們，就都始終不說話，都低頭看着眼前的腳地和每個人的鞋尖兒。就這時，時間也許僅僅過了幾秒、幾十秒，也許轉瞬就過了一年、二年、上百年，為了爭取從這時間的束縛中間掙出來，哥哥首先開口說了話。

哥哥問我道：「連科，你今年都已六十歲了吧？」

我驚了一下笑笑說：「從當兵離家算起來，我已走了四十年。」

然後大家就都驚着了。

沒人敢相信我已經遠行外出了四十年，如同我自己也不敢相信我已花甲六十歲。大家都被這「四十」和「六十」擊中了，彷彿被突如其來的棍子擊重了頭顱又不敢相信這突來的襲擊和災難，可從歲月的裂隙流出來的血，又在說明、證明着這一切，到終於再用一段沉默來認同了歲月和時間後，哥哥又如父親一樣用囑託的語氣對我說：

「你都六十了，讀了不少書，以後你在外面想做啥兒你就做些啥兒吧。」

母親說：

「我已經八十五歲了，你在外面寫啥兒都行，只要注意身體，只要每年都回來看看我和這個家。」

然後……然後呢，我忽然一身輕鬆，又無言語，彷彿真正久別的人重逢一定無言樣。彷彿一個教堂的建築認出了行遠歸來的信徒後，用一磚一瓦、一木一檁和牆上的一物與一畫，把它的兒女擁抱在懷裏，且不讓他們的兒女走進懺室去，只讓他坐在教堂最中央的位置上，歇息、平靜、思考和呢喃，並且對那信徒說，如果你要繼續朝外走，想要走更遠，那這教堂願意起腳永遠跟在你後邊，這樣你就不用擔心你把教堂給走丟了；這樣無論你去哪，走多遠，你家和你家的土地就永遠都在你的腳下和腳後邊。

2018 年 10 月 5 日，北京

香港——我的神話與傳說

　　少年時候，聽說香港就如青年時候聽說世界上有個地方是古希臘，那兒的神話一如我家田野上的風，陣陣地來，又旋旋地去，總在耳畔，又遙在天際。及至到了 1994 年，因為寫了小說《夏日落》，被批得暈三倒四，每天都盡心盡力寫檢討，忙到吃飯時找不到飯桌、筷子在哪兒。就是那時候，香港距我不再遙遠了，近在眼前了。之所以《夏日落》被批、被禁止，是因為那時香港的《爭鳴》雜誌的哪一期，說了我和《夏日落》的許多好 —— 諸如「大陸第四次軍事文學浪潮到來的領軍人物」和「寫出了軍人的靈魂」那樣的話。於是書被禁止了。人就岌岌可危要不斷檢討了。這一關乎命運的事，再一次實踐了毛澤東的真理說：「凡是敵人擁護的，我們都反對；凡是敵人反對的，我們都擁護。」也從此，命運把我和香港扯到了一塊兒，使香港成了我人生的又一個車輪或者煞車閥。

　　1997 年，那是一個讓大陸人激昂活躍，總是血脈噴張的年份和日子。因為回歸的讚歌聽多了，總以為花不完錢的日子，隨着 7 月 1 日的到來，將會如開閘放水般，沖刷

着國土與大地。既然渠道已通，那我們何不順水放筏，讓家庭之舟也在這水上暢遊呢。

於是就傾其所有，響應號召，將薄薄的積蓄全部買了總是令人興奮的牛市股。

7月1日後，剛剛小富的我家血本無歸又淪為窮人了。

2004年，因為長篇小說《受活》的出版，我接受了香港鳳凰台的採訪，在節目播出後的第二天，剛上班也就幾分鐘，便肅嚴而又親和地接到「請」我轉業離開軍隊的通知書。儘管那時候，香港人覺得鳳凰台其實很「那個」，而我們還是覺得它相當「這個、這個」了。

2005年，《為人民服務》的出現，在我、在文壇，都是一樁天塌地陷的事。而這一樁兒事，也是被香港《亞洲週刊》的敏銳首先報道出去的。《為人民服務》的成書與出版，也是香港捷足的腳步最早把它送到了書店和世界上。雖然之後許久我才看到書，被封面的設計和封面上的字，嚇得有如誰的雙手拎在了我的脖子上，可那時在我的頭腦中，同時還閃出了另外的定斷和疑問：

——難道香港真的是任文人爭吵和哲學家辯論的古希臘的大街、庭堂和市場嗎！？

及至到了2007年，我第一次到香港城市大學去開會，下了飛機的第一件事，就是跑到中環的大街上，去看那琳琅滿目的小書店；到各家商店門口去翻那不要錢的報

紙和擺在門口鐵架上多而又多的各種雜誌、書籍和畫報，如同一個餓極了的人，撲向到處都是食物、飲品的免費超市樣。不敢信，也不能解。可也真真的體會了古希臘任人爭吵、辯論的大街和農貿市場是什麼樣。實在説，香港如筷子般林立的高樓並沒有讓我這來自北方黃土的人感到驚訝和愕然；光怪陸離的穿戴和擺在櫥櫃玻璃後的奢侈品，維多利亞的港灣和蘭桂芳的酒吧屋，都沒有擺在大街上任人寫作、任人出版、任人翻閱的報紙、雜誌和書籍給我帶來的衝擊大。那時候，我從一家商店的報刊架上拿起一本新出版的《爭鳴》後，真是感慨萬千，無從言起，彷彿一個久滯監獄或穿過戰爭廢墟的人，站在繁華都市的大街上，知道那個把它送到監獄的人，就在這茫茫的人群與街市，然在那堆疊的街市和人的海洋裏，哪個人和哪條街才和他銀鐺入獄有直接關係呢？在戰爭的廢墟上，到處都是瓦礫、彈殼和斷了的槍支與人骨，可在廢墟相鄰的那個城市裏，卻又處處都是燈紅、酒綠，與享受着寧靜、和平及繁華的人。

我拿着那本《爭鳴》在商店的角落默了天長與地久，最終放下雜誌從那商店出來了。

走在中環的大街上。

走在香港樓群林立的縫隙和人海。

沒有絲毫的怨。也沒有愛和嫉恨與羨慕，就像知道雅典的美，也終是知道那雅典是歐洲的雅典、希臘的雅典與己無關樣。又過一些年，到浸會大學做駐校作家去；到香港大學和中文大學以演講的名譽去聊說；最後落腳到香港科技大學去教些寫作課，時間像流失着的風，把你帶向了田野、過往和傳說與神話的內裏邊，讓你觸摸到了古城牆的磚；賞識了雅典那自由大辯堂和論戰大街上的人來與人往。似遠而近的九龍和港島，及永遠守在我身邊的科技大學的清水灣，這兒的人、風、海水、學養、秩序和短暫卻雋永的歷史與現實，對我似是熟悉的陌生和生澀之熟悉，但卻又完全成了自己生命中的希臘神話與傳說。

　　教書、散步、靜默與寫作，每天都在海邊走走和看看。而我走走看看時，又會突然的緊張和不安，於是就望着大海和天宇，想到了氣候變惡，海水染污，未來那升高、氾濫的大洋會使這島嶼消失嗎？因為它於我，已經是我生命中的一部分，如果香港不在了，那我的傳說與神話，它將會在哪兒飄飛、落腳和生存呢？

2019 年 3 月 21 日，清水灣

推開中國的另外一扇窗
—— 對話王堯關於中國、文學及其他

莫言獲獎後所承受的榮譽之重有哪些？

王堯：說起來，你、我、莫言和林建法幾位那次在北京的聚會，讓我久久難忘。我們都覺得獲獎以後的莫言，還是以前的莫言。2005 年你的《丁莊夢》出版之際，我們在後海聚會，莫言戴着帽子、手套、騎自行車趕來，這個細節我一直印象很深。莫言獲獎後的當晚，《京華時報》的記者採訪了我，我認為莫言獲得諾貝爾獎當之無愧。而那晚，《紐約時報》和日本的《朝日新聞》採訪你，你說是實至名歸。好像第二天天，我給你打電話，你就到法國去了。我知道，你在法國也不斷替莫言獲獎辯護和解釋。正如我們所知的，國內外不少人對莫言的獲獎、特別是莫言的一些講話有非議，其中涉及到作家與政治、作家與體制的關係。我個人覺得，莫言的創作其實是與現實構成了一種緊張而不是妥協的關係的。但莫言是中國第一個獲得諾

貝爾文學獎的作家，許多人對莫言懷有文學之外的期待，人們把許多關於「中國問題」的難題轉到莫言那兒去了。這是莫言獲獎之後的不能承受之重。你覺得，莫言的承受之重是什麼？

閻連科：關於莫言的獲獎，有太多的問題值得去說道。正如你所說，莫言於友人而言，還是那個幽默、睿智、寬厚的莫言。但於今天的中國現實，他已不再是那個單純的小說家莫言了。莫言是第一個獲得諾貝爾文學獎的中國本土作家，是第二個獲得這個獎的華語作家。這件事情很重要，不是第一、第二，一個或兩個的數字問題，而是中國文學的態度、立場和寬厚的包容問題。記得高行健獲獎的時候，莫言給我說個一句非常感人、寬厚的話：「無論如何我們都要為高行健的獲獎而高興，畢竟是中國上百年來的第一個」。請允許我在這兒題外幾句話——那就是我們沒有理由不認同高行健是第一個獲得諾貝爾文學獎的中國作家。他的作品必然是中國文學的一部分。有一點，大家要認真去想想，連胡蘭成我們都可以包容研究了，為什麼不能包容高行健、哈金、李翔雲、馬建等海外作家寫出的中國文學呢？

由此想到王德威提出的「中華文學」的概念的重要性，希望後邊我們可以專門談到這些問題。回到莫言的獲獎上來。莫言作為生活在本土的作家，第一個獲得這個

獎，他了結了一切關心文化、文學的中國人的百年心願。這是一個民族的焦渴。所以，我們應該對莫言獲獎懷有一種感謝之心，感激之情。但是需要警覺的是，當某一個人了結了一個民族的百年所願，那個民族已經不會在把他視為「人」了，而會把他視為「神」；會把他日趨神化，推向神壇，視他為民族的文化英雄，可笑地讓其物事贅含着宋時的民族英雄岳飛抗金的意味深長。實質上，從 2012 年 10 月 11 日晚 7 時開始，中國媒體和幾乎所有識字的中國人，對莫言獲獎表現的不是對他文學成就、成功的喜悅和恭賀，而是對一個富裕起來並正在強盛的國家在文化上「勵內抗外」勝利的凱旋和慶祝。

面對莫言，媒體與讀者長時間如同打了雞血般亢奮的情緒，讓人理解而又有些擔憂。比如中央電視台在年末總結 2012 年中國的十件大事是：1、中共十八大的召開和換屆；2、航母下海；3、莫言獲獎 …… 這種總結讓人無言，影響甚大，正把這個文學獎快速地拉出文學、文化的線路，拖上國家、政治的軌道。對此，做為同行，誰都應該理解此時莫言獲獎後的無奈和無助，一如莫言無力阻止人們要到他家的菜地拔個蘿蔔以借風水之好樣。莫言現在也沒有力量、理由去阻止國家、政府正把他當做一個嬌寵的孩子，抱放在國家與政治的膝蓋上，以示親近之好。如

此，他就不得不在獲獎之後，尤其在今後的日子裏，承受他不該承受、也無力承受的榮譽之重了。

第一、他要長久地承受讀者們貌似合理的道德訴求和指責。此前，你莫言是我們心目中最優秀的中國作家，現在你不是了。你是一個文化的偶像。是偶像，你就要承擔讀者和崇拜者的理願與訴求。這不是你莫言願不願承擔的事，是你必須承擔的事。正如一個人當了國家總理，你就必須承擔一個國家經濟的衰榮與成敗；一個人成了國家的最高領導人，你就應該、也必須承受十三億人口的生命與命運。而莫言，無論如何，你是第一個獲得此獎的本土作家，第一個被人們視為「勵內抗外」的文化英雄，那麼，人們就不再視你為作家了，而視你為楷模和偶像 —— 即便你心不願，志不同，但已經很少有人再關心你的本意與內心，很少有人會換位到你的立場、環境去思考；而你，卻必須要時時考慮別人、他人、眾人乃至未來之現實（政府）的所思與所慮。這是不能承受的重中之重。

為什麼莫言在瑞典的演講和答記者問會有那麼多的異意和訛病？為什麼他那麼智慧的人，在那個演講和答記者問中，會失去了他往日的睿智、機警和幽默？甚至說，《講故事的人》那篇莫言認真準備的演講稿，還沒有他平常的隨口演說精彩、文彩和智慧。為什麼？由此我們是多少可

以感知莫言去瑞典時，肩頭的壓力和內心之糾結，讓他怎樣矛盾和不安。如果有一天，莫言寫回憶錄時，可以真實地告訴人們，他去領獎前都見了什麼人，那些人都給他談了些什麼話，對他產生了什麼影響，那才是真正的揭秘和真相。但是，這些並不能成為眾多讀者不對他懷有文化與道德理願和訴求的理由。而且，隨着時間的推移，和許多中國現實的更加荒誕與複雜，人們不會同意和諒解你莫言在大是大非面前的沉默和模糊，會愈來愈要求你發聲、鮮明和有力。這是莫言今後必須面對、承受的重、痛和肩頭無可卸歇一根尖銳的扁擔。

第二、莫言承受的不該承受之重，是來自社會、現實和權利對他愈來愈多的壓力與要求。現在，也許莫言是力圖站在民間與政府的中間，「一手托兩家」，努力以自己的委屈來還以雙方的安慰；努力使這「對立」的雙方，都可諒解、體味和滿足。這其實是在維持一種文化與政治之鋼絲的平衡。當民間與政府的矛盾還可以維持時，一個走在鋼絲上的人，還可謹慎向前，慢慢行走，但到了民間積怨與社會、政府和權力矛盾到了一觸即發、不可調和時（現在似乎已經到了一觸即發的危險區），或説到了對立的邊緣時，莫言的這種兩難之維持，就不得不明確、放棄而最終做出選擇了。對於中國的知識分子，民間與政府的天平，就現實而言，往往都是政府的砝碼、誘力遠遠要大於民間

天平的承重。所以，在這平衡的鋼絲上、天平上，我們總是為莫言捏着一把多餘的汗。

無論是同行，還是朋友，我們想的、説的我都是內心那多餘、累贅的擔憂。

對於莫言獲得茅盾文學獎，請大家不要有太多的議論和閒話。必須承認，茅盾文學獎是中國最重要的文學獎。在那個獲獎名單內，有一些曇花一現的垃圾，也有很多優秀的作家和作品。如《白鹿原》、《塵埃落定》和王安憶、賈平凹、劉震雲等，不是她們需要這個獎，是那個獎太需要他們（它們）了。沒有他們，那個獎就支撐不下去它的門面租金了。把這個獎授給莫言《蛙》，意義亦如此。

對於莫言抄寫毛在延安文藝座談會上的講話，要明白莫言也是普通人，性情中的人，對許多事情會因人情而不斷妥協、犧牲自己的。我個人當然不希望莫言去抄寫，但抄了也就抄了，沒什麼了不得，反倒可以顯出他「糊塗」中的可愛來。

而對他當了中國作協的副主席，中國人和中國作家我想都明白，要讓你當時，你不當的問題（風險），是遠遠要大於你去承擔那一職務的。

第三、在中國作家中，就我所知、了解的同行朋友中，毫無疑問莫言是對文學最懷有宗教情懷的作家之一。如何在獲獎之後依然使讀者認同他寫作的宗教情懷，這才

是莫言今後最為艱辛、長久的生命和征戰。絲毫不用懷疑莫言在獲獎之後能否拋棄寫作的心態之變，他有強大的內心和理性，完全可以拋卻這一點。但是，讀者對莫言的要求不再一樣了。讀者允許你擱筆不寫，但不允許你再寫出一般性的作品了。這一點，是莫言和其他獲得這一獎項的任何國家、任何作家最難承受的有益榮譽之重。馬奎斯（Gabriel Márquez）在獲獎之後寫出了《愛在瘟疫蔓延時》（*Love in the Time of Cholera*），這部作品一樣是他人生的巔峰之作。托馬斯曼（Thomas Mann）在他獲獎之後寫出了他一生最偉大的作品《魔山》（*The Magic Mountain*）來；日本的大江健三郎，獲獎之後寫出了比他拿獎之前更多更多的長篇來。這麼旺盛的創造力，令人咂舌和感歎。可於莫言而言，讀者和社會，對莫言今後寫作那膨脹的期望，也將會是莫言需要面對的榮譽之重了。

中國作家與體制的關係是
緊張、順從、還是妥協？

王堯：如果就此展開，涉及到太多需要討論的問題。我想，作家與體制的關係是其中之一。我不久前在《藝術研究》撰文〈關於「九十年代文學」的再認識〉談到這個問題，作為「單位」的體制，包括專業作家的身份；而是

作為「符號」的體制，比如在作家協會擔任某種職務，或者在其他系統如政協、人大擔任委員。我們現在有影響的作家，與這兩者或多或少有千絲萬縷的關係。但我覺得這不是最重要的關係，當然，我們也要注意考察這樣的關係中，作家是如何「發言」的。我認為重點是第三個層次，即作家如何處理體制對他的規訓，只有在這一點上，作家的獨立性和體制才發生衝突。我們不必追溯「十七年」時期和「文革」時期的歷史，在你看來，近三十年來，中國作家與體制的關係如何？是緊張、順從，還是妥協？這三種現象自然都存在，但最主要的現象是什麼？

閻連科：中國作家與體制的關係，大體而言，是妥協中的順從，還談不上緊張，更談不上理性的對立。

在這一點上，我以為知識分子如果和他所處的時代沒有理性而緊張對立關係，那他就失去了知識分子最為起碼的道德立場和價值。但作為知識分子一部分的作家們，則不應要求所有的作家都必須、一定要和他所處的時代、體制都保持那種緊張不安、劍拔弩張的關係。如果那樣，我們的文學會千篇一律，單調乏味，失去他的豐富性和複雜性。作家和體制的關係，最恰妙的應該是冷淡的距離。過度的緊張，會讓文學變成戰鬥的檄文；順從，會使寫作成為奴僕對主子的歡歌；而妥協，則會成為一隻烏龜的自畫像。和體制保持那種疏冷的距離，則可以讓作家更冷靜

地認識社會和在這個社會中人的生存、苦痛、歡樂和生命。可惜，今天的情況是，絕大部分優秀的作家，都和體制——無論是他所在的單位，還是他必須有在其中的社會行政結構，都是一種妥協和順從或妥協中的順從。

妥協，使作家失去寫作的獨立。

順從，使作家的寫作成為體制的糖果和味精。

只有在總體上，作家大都和體制保持着那種疏遠而冷淡的關係，與文學創作才是最為有利的關係。中國現今的權力機構——體制，其實是一道結構森嚴的美味大餐，讓人和大餐保持距離，那着實是一樁艱難的事情。親近體制，美味無限；疏遠體制，可能就失去了你人生中的享樂源。所以，你如果要堅持一個作家的獨立性，那你必須放棄美味大餐對饑餓者的引誘。

關於作家的獨立性，我想不能簡單地從作家的一文一言去判斷一個作家有獨立性或者沒有獨立性。如果這樣，我們幾乎可以說中國作家全都沒有獨立性，或說人人都有獨立性。在這兒，要看你有怎樣的獨立性。你的獨立性是什麼性質的獨立性。比如說，他在寫作中「純粹」藝術選擇的自由和追求，有了這些，你能說他沒有獨立性？比如說，他或她一生的寫作對唯美的追求和認識，而對人在生存境遇中的苦痛、尷尬視而不見，你能說他沒有獨立性？

這裏我們說的獨立性，是那種把作家視為知識分子一部分的獨立性。是知識分子的獨立性。是思想、立場、世界觀的獨立性。

文學的奇妙和複雜就在這兒，一如一個科學家，他一生都可以除了他的實驗室之外，四門不出，八路不行，從不關心實驗室之外的世界和物事，他照樣可以成為偉大的科學家，為人類的文明，做出巨大的貢獻，比如愛因斯坦和牛頓們，比如英國的霍金。而文學也多少有着類似的情況。以魯迅和沈從文為例，這現代文學中的兩極寫作，一個是主動入世的，有着知識分子偉大品性的寫作之路；一個是被動退世的，有着藝術純粹性的寫作之路。而其結果，他們都成為中國文學史的兩極楷模。但是，我們不能忽略一個問題，就是魯迅和沈從文所處的時代與我們今天所處時代的不同。他們所處的時代，就體制而言，相對是更為權力分散、言論自由、思想開放，社會包容度更為寬厚的時代。而我們今天所處的時代，一方面是物質的極大豐富，另一方面是意識形態相對的高度統一；一方面，人的行為有着有限的自由，另一方面，社會的權力、財富又是高度集中。必須要承認，我們今天所處的時代，是一個集權、集財的時代，是一個腐敗氾濫、觸目驚心的時代。在這樣一個時代，我們需要沈從文的寫作，也需要魯迅的

精神。簡單粗略的比較，是沈從文寫作的獨立性，可以讓文學雋永和個性；而魯迅的寫作，則可以延伸文學並校正時代，有着雙重的意義在內裏。就是說，沈從文的意義更多的是在文學內部擴展和延伸，而魯迅的意義，則更明顯地擴展和延伸在文學與時代的兩個空間中。為什麼？就是沈從文更接近一個純粹的作家，魯迅不僅是一個純粹的作家，還是一個富於知識分子獨立精神的文學家。

為什麼今天的作家、讀者、研究者會對沈從文和張愛玲如此推崇和熱愛？除了夏志清的那本對中國文學和文學史有修正意義的《中國現代文學史》的引領與導航外，還因為今天的中國社會、中國文人都深知魯迅寫作的危險性，而沈從文和張愛玲的寫作，則不僅是屬藝術範疇的，且更是安全區域的。所以，學習和推崇後者則屬必然的，他們大紅大紫也是合理的。

我們談到作家的獨立性時，常常會談到一個問題。前蘇聯在集權到了一種極限時，高壓政策和白色之恐怖，幾乎完全是地毯式的席捲。但在那種情況下，還是產生了那麼多偉大的作家和作品，如布爾加科夫、索贊尼辛、巴斯特納克、雷巴科夫等，為什麼？那就是這些作家的獨立性——獨立的思想和人格。這種獨立性不僅是藝術選擇和思考的獨立性，還包括民族關懷、社會思考的獨立性。一

句話，中國作家不缺少藝術性選擇的獨立和探索，但我個人覺得，我們缺乏包括民族關懷、社會思考在內的獨立性。

文學制度對作家的限制是什麼？

王堯：毫無疑問，三十多年來當代文學制度已經發生了深刻的變化，吸取了「文革」之前的經驗教訓。在「文革」以後重建的當代文學制度，和以往的歷史相比，顯示了相當的寬容性，比如說不再用大規模的運動，不再完全用行政手段來處理文學藝術問題，這也是近三十年文學比之「文革」前的重大不同點。這是改革開放的結果。在這個意義上，中國已經打開了一扇窗戶。但是，從當代文學發生開始就形成的一些帶有「制度」性的特點並未消失，還延續在當代文學制度之中，只是隨着時代的變化有了不同的表現形式。八十年代對現代主義思潮的批判，對「苦戀」的批判，對所謂「自由化」問題的批判；八十年代末開始的對一些文學思潮、作家作品的批判，九十年代初對《廢都》的批判；新世紀以來，你自己的創作也有類似的經歷，比如《為人民服務》、《丁莊夢》的遭遇，《四書》無法在中國大陸出版等。儘管歷史的大勢是往前走，但確實存在一些已經被歷史證明了是錯誤的方式依然不同程度存

在，這是當代中國的複雜性之一。在你看來，這樣一種體制或者文學制度對作家的最大限制是什麼？

閻連科：我不認為三十幾年來中國的文學制度發生了深刻的變化。中國的文學制度，它是我們社會制度的一部分，是國家機制在文學、文化方面的體現和實踐。國家的政治制度沒有根本而深刻的變化，文學制度就不會獨立在政治制度之外而變化。有怎樣的政治制度，就只能有怎樣的文學制度。對作家而言，文學應該大於政治，高於政治；但對制度而言，文學制度則必然小於國家制度和政治制度。這就是文學與政治和制度最根本的矛盾。當然，文學中已經不再有大規模的政治運動了，但用行政手段來處理文學與藝術問題的管理方法，卻是文化、文學體制以一而貫之的。

比如《廢都》、《上海寶貝》、《往事並不如煙》、《為人民服務》等的被禁，值得嗎？文學有那麼大的讓一個國家都驚恐到小心謹慎的力量嗎？這就是文學體制自四九年後一以貫之的行政力量。是一種弄巧成拙，而又從不汲取教訓的盲然和自大。中國文學在莫言獲獎之前，沒有一本小說在國外有《上海寶貝》賣得好，影響大。你這是為了禁書還是在海外推廣？想來都覺得可笑。可笑如《三國》中周瑜打黃蓋的苦肉計。中國的禁書之習慣，「文字獄」的傳統之延續，都多少有些推銷文字的「苦肉之計」了。欲推

之，先批之。但是，把目光從禁書這一拙行放開來，就會發現這一行為是行之有效的，而禁書只不過是文學制度的行政手段的方法之一種。加之媒體言論的高度之統一，你就發現文學體制對作家和創作行之有效的限制了——那就是讓你的想像只在規劃的區域內，而不是文學自由無限的天空中。

必須承認，今天的中國不是三十幾年前的中國，更不是我們因為隔岸觀火卻看得更加清晰的北韓，而是經濟上的高度開放和政治上的相對或盡力緊縮的中國。這是個半開半閉的社會。必須承認，相比起文革時期，時代給了中國作家一個相對寬鬆和較為自由的寫作環境。在這個可寫作、可創造的規劃區域內，你盡可以自由的騰挪和想像；反之，就以行政和意識形態相結合的方法，禁止和處理。這就如讓一群曾經饑餓欲死的牛羊，到可供食味的草地去放牧，而又用鐵絲網隔離開不遠處那豐茂的草原。在這邊，雖然不盡有藍天、白雲和草原，但那可食的草物加之飼養者分發的調料——獎勵和榮譽——也是可以調製出一種美味的；也是可以滿足牛羊胃需的。如此着，逾規者懲，守規者褒，久而久之大家就都不去想、不去望那藍天白雲下的遼闊草原了；習慣了這邊半自然、半人為的草料了——這就是文學制度給文學、作家的自由與限制。當然，如果文學真處於那麼毫無空間的巨大的限制下，文學

也許就有反彈了，會產生如索贊尼辛那樣的作家和《大師和瑪格麗特》（*The Master and Margarita*）與《齊瓦哥醫生》（Doctor Zhivago）那樣的作品了。而情況恰恰不是那樣。文學是有自由的，無非是那種規劃內的自由。所以，今天的文學制度——對作家放牧網內荒坡並投以適量的調料的半牧養的方法，它最大的效果是，讓作家變得漸次的規馴和習慣。

規馴和對規馴的普遍認同——是作家對想像和創造自由有所滿足的慵懶和舒然，如同鐵絲網圍着的牛羊，吃飽後躺在山坡上曬着太陽舒展的四肢，覺得明日還有草料，還有水飲，至於鐵絲網外邊豐肥的草原和陽光，也就沒有必要去想念和求望了。

今天的文學制度，對文學創作所起的作用，就是讓你在相對充足的乾草調料面前，規馴和舒展，而忘記靈魂、想像所追求的藍天和草原。

被禁並不等於就是好作品

王堯：余華在回答美國批評家 William Marx 時說，「西方的記者總是驚訝我的作品為什麼沒有在中國被禁止，可是在中國，無論是讀者還是記者，還沒有人說我的作品應該被禁止，從這一點就可以看出來，中國的政治氣氛和

社會氣氛愈來愈寬容。」這句話其實還包含了另一層意思，即西方的記者也發現了一些中國作家的創作和體制之間是存在衝突的。寬容是體制對待衝突的一種方式。但確實，因為曾經有過被禁止，或者被批判，才可能有這樣的「驚訝」。以你個人的經歷，你如何看待八十年代以來被批判的作家和作品，或者那些被禁的書。

閻連科：余華在回答完 William Marx 時話音剛落，端在手裏的喝水杯子還未及放下，他的《十個詞語的中國》就在中國不能出版了。如果我們可以把這種「不能出版」視為未出先禁，那麼這種「不予出版」，實質上比「出而後禁」，在出版管理上，可謂更加「巧妙」和殘酷。因為，它從根本上就杜絕了一部書和讀者的見面。

關於那些被批判的作家和禁書，在我的回憶中，從新時期算起，單是文學一下子就能列出一長串的名單來。如：

> 白樺：　《苦戀》
>
> 　　　　《醉臥花叢》
>
> 禮平：　《晚霞消失的時候》
>
> 賈平凹：《廢都》
>
> 張永志：《心靈史》
>
> 莫言：　《豐乳肥臀》

張正隆：《雪白血紅》

章飴和：《往事並不如煙》

王躍文：《國畫》

李佩甫：《羊的門》

衛慧： 《上海寶貝》

綿綿： 《糖》

余華： 《十個詞語的中國》

　　如此等等，還有很多，這些書都是有紅頭文件或者正規的禁止通知、並在社會上造成相當影響的文學作品，加之那些沒有文件和正規通知，在社會上沒有造成一定影響的禁書，和其他被禁的社科書目如果可以詳細列出一個目錄來，說浩瀚如煙顯然用詞為過，那麼用「觸目驚心」，大約就恰與其份了。

　　對於禁書與被批判的作家，我有如下幾點看法：

　　一、書被禁止，並不等於它是一部好作品，一如總是胸戴紅花的作家，也並不等於他（她）就是一個好作家。在我們上述提到被禁的作品中，毫無疑問，《心靈史》、《廢都》、《豐乳肥臀》等小說，可能是更能經過時間檢驗的好作品，而其他的有些作品，就藝術價值言，也就一般或說相當一般了。

禁書的藝術價值，同其他作品一樣，也要有時間來評判。我們可以因為它被禁而對它充滿好奇心，但不能用被禁來作為對一部作品好壞的評價之標準。

二、中國有個奇怪而普遍的現象，在我們認同的好作家或曾經的好作家中，幾乎無一例外，都有過作品被禁或某些作品被反覆爭議的經過，老一代如王蒙的《堅硬的稀粥》、《蝴蝶》，張賢亮的《男人的一半是女人》，李國文的《月蝕》，汪曾祺的《受戒》，五十年代出生的如王安憶的《三戀》、《叔叔的故事》，韓少功的《馬橋詞典》，張煒的《古船》，陳忠實的《白鹿原》，李銳的「厚土」系列，再晚些如林白的《一個人的戰爭》，陳染的《私人生活》，以及後來余華、蘇童、格非當年的「新探索」小說及他們的長篇《米》和《兄弟》，還有阿來的《格薩爾王》等，這些都是被反覆爭論的。毫無疑問，一部作品被爭論，並不等於它就是一部好作品──我的意思是，在中國的這種特殊的寫作環境中：既非如三十年前我們國家四門不開，八路不通，人的封閉，如鳥在籠裏久了就誤以為世界本就沒有天空樣；也非如今天許多更為開放、自由的西方社會，一個作家，就心和世界而言，一切都可以對創作放開，任你去自由的想像和探索。在這種「只打開一扇窗戶」的文化夾層的環境中寫作，一個作家的作品有較多的被禁止出

版（如我）和一生寫作都順風順水，好評如潮都是存在問題的，都是需要自省反思的。

三、今天這個不斷有作家和作品被批、被禁的寫作環境，當然不能算是最好、最自由的寫作天空，但它卻在說明着一個問題：文學除了美之外，還有力量的存在。換句話說，作品的力量也是一種美；美也是一種力。三十幾年前，中國的文化環境是，它不僅不允許力量存在，也不允許美的存在。而今天，它的進步是允許美的存在，不一定允許某種力量的存在。所以，才會有那些被禁、被批的作品和作家。從這個角度去說這個時代，那些崇尚美和力度的作家，大概應說是生逢其時，大可以去展現自己作品的力量和振撼人心、攝人心魄的魅力存在了。

就是說，當一個社會驚懼文學作品的力度時，那麼，這個社會也是創造這樣作品的最好的時期了。

你怎麼看待茅盾文學獎和魯迅文學獎？

王堯：被批判和被禁止，未必被讀者遺忘，或者被文學史忽視。一段時間，有些作家作品之所以受到關注，與曾經被批判被禁止有關，這自然不是正常的現象。文學史是殘酷的，讀者和時間也是殘酷的，一些被批判被禁止的

作品可能會在文學史上留下痕跡，而一些作品則只是文化轉型背景下的一個小插曲。和這些形成鮮明對比的是，在體制秩序中被肯定的作品，尤其是那些在國家級獎項中獲獎的作品，多數正在被讀者遺忘。從七十年代末、八十年代初全國優秀作品評獎開始，到「茅盾文學獎」、「魯迅文學獎」，可以這樣說，多數獲獎的作品已經被遺忘。當然，即便沒有什麼評獎，多數作品也在歷史化過程中被淘汰。但從獲獎作品被遺忘，可以看出體制的力量常常也是暫時的，文學史最終的秩序與這些無關。從這些評獎、走紅、淘汰的過程說，你怎樣理解中國的文學獎？尤其是魯迅、茅盾文學獎？

閻連科：中國的文學獎就如中國的足球杯，一場比賽下來後，有冠軍、亞軍和季軍，但卻是不能納入亞洲和世界足球體系去說的。但是，沒有它卻是不行的。沒有它就沒有文學和讀者的「自娛自樂」的存在需要了。

可話又說回來，文學終究不是體育。它是一個民族文化的傳承與延續，單純的自娛自樂是不行的。而今天中國的文學獎，未免太自娛自樂了。以有些茅盾獎和魯迅文學獎為例，那也就是有組織的一場時有暗哨的足球賽。每個去做評委的人，都懂得哪些作品更有水平和價值，然結果，那些最有水平和價值的作品卻往往評不上。漸漸地，

那個獎就成了注水豬肉了，不再香味滿天了，被人詬病如被人噓聲足球樣。比如最近這兩屆的魯迅文學獎，公眾對詩歌獎的反饋、嘲弄和嗤之以鼻的不屑，對於這樣的評獎，我以為它的存在比不存在更糟糕，因為作協這樣一個在很多讀者中「國家機構」的權威性，在這樣的評獎中完全被消解並化為烏有了，加之因為這些評獎活動帶來的文學標準的混亂性，讓很多讀者和有才華的作者都以為，某些不獲獎的才是最好的。

中國應該有民間文學獎的存在。沒有民間文學獎的存在，就無法糾正那些所謂國家獎的傾向性。就像沒有競爭，只有壟斷的豪大國企樣，因為壟斷，就問題百出；只有競爭，才有公平的產生。中國的文學獎，也正處在「國有壟斷」的時代，不是這個獎公正不公正的問題，是因為「壟斷」——被體制壟斷，被權力壟斷，不出問題才是不可能和不正常。應該說上一屆的茅盾文學獎，組織者在力避往屆的評獎之弊上，是下了大功夫。但從結果看，卻讓人感受到，那屆茅盾獎是發給「作家」的，而非獎勵作品的。如莫言和張煒，他們都是中國最優秀的作家，但他們獲獎的作品，卻不一定是他們最好的作品。給他們發獎，多少含有一種補償的甘甜味。

總之，我們應該有更權威、持久的民間文學獎的產生和存在。沒有這個民間文學獎，文學獎項會失去公正的競爭性。失去了競爭性、補充性，也就必然會因為壟斷而失去公平性和權威性。沒有公平和權威，那些獎的實質意義就打了折扣了。

為什麼不可以容許異端？

　　王堯：在賈平凹以《秦腔》、莫言以《蛙》獲得「茅盾文學獎」以後，有一種說法：不是賈平凹、莫言需要「茅盾文學獎」，而是「茅盾文學獎」需要賈平凹、莫言這些重要作家。其實，一個獎項如果沒有重要作家作品支撐，這個獎項是不具備權威性的。雖然諾貝爾文學獎也曾經頒給一些未必名副其實的作家，但諾貝爾文學獎授予的作家多數是為讀者和歷史認可的。我想，問題還不在這裏。同一作家，最好的作品或者最重要的作品為什麼不能得獎？這反映出體制所規定的主流價值和這些作品有衝突。以賈平凹為例，他的《秦腔》當然重要，但我認為《廢都》更重要，《廢都》的被批判和被禁止，完全改變了賈平凹的創作方向。莫言的《生死疲勞》在我看來比《蛙》更重要，但

在《蛙》之前，莫言的作品儘管也入圍「茅盾文學獎」但最終都沒有獲得。我想，在可以預測的時間內，你也沒有任何機會獲得「茅盾文學獎」。這正是我有點鬱悶的地方。我們已經改革開放三十餘年了，對如何建設社會主義文化已經形成了比較成熟的看法，「雙百方針」也不斷被重申，但為什麼不可以容許異端？有些作家的思想和作品甚至不能稱為「異端」，而只是和體制的某些導向不同。

閻連科：關於我的作品，就不要和茅盾文學獎扯到一塊去談了。茅盾文學獎會頒給今天這個閻連科，那它就不再是茅盾文學獎；如果我這樣的寫作會獲獎，那我也不再是這個閻連科。

據聽說，《受活》由出版社報了那一屆茅盾文學獎，在初評時，組織者和評委們商議的第一件事情不是把哪些作品評上去，而是要先把《受活》拿下來，不讓其參與評獎和討論。當然，這是同行傳言，我們不可太為當真。但我要說的是，那些組織者這樣做是正確的，符合那個獎的大體做法的，也符合我的寫作追求的。

為什麼？就是你的寫作異端了。

《受活》能夠出版，已經說明了某種包容性，我們不可再奢求什麼了。我自己非常明白，像《受活》和《堅硬如水》這樣刺目、扎眼的作品，它是產生在《為人民服務》和《丁莊夢》被禁之前，如果是以後，它們的命運將

和《四書》一模樣，在朋友和將近二十家出版機構中悄然旅行一大圈，最後的結果都是那句話：「閻老師，對不起，請諒解。」

我非常理解和感謝那些努力為我的作品出版問世的朋友和同仁。但結果不能出版是完全可以料想的。去年下半年，我在人民大學出版社出版了大多為舊作的散文集《一個人的三條河》，對於出版界，這是多麼平常的一件事，可結果，上邊管理出版的機構，還又把這本散文集調走審查閱讀了。《堅硬如水》是 2000 年的作品，有了多個版本，賣出去了那麼多，可在去年出文集時，還被某出版社要求退回修改。還有一些中短篇，也在遭遇着這樣再版修改的命運。這樣的事情多了之後，我就漸次覺得，不是我的作品多異端，而是我這個人讓人家「不放心」。

於異端而言，不是針對作品而是針對人。

好端端的出版環境，因為不能包容而成為今天這個讓幾乎所有的文藝出版社都謹小慎微、談虎色變、裹足不前了。現在，北京的街頭到處都可以看到這樣的字：愛國、創新、包容、厚德。這八個字是被提煉、昇華為北京精神而廣泛宣傳的。而其中的創新和包容，則是文學最需要的精神和骨髓，也是今天的文學創作於出版環境最為稀缺精神與精髓了。沒有創新，就沒有文學的發展；而沒有包容，就沒有文學最根本的創新。

創新也好，創造也罷，從根本上說，不僅是字詞語言的，結構敍述的，更為本質是思想、思維和文學觀與世界觀的新建與創造。最大的創造是思想。而思想的創造則是最為需要包容的。中國在春秋戰國時，為什麼會產生諸子百家？正是因為那個時代權力、社會、集體、派別之間都有着包容性。今天我們總在懷念盛唐的偉大詩歌，別忘了那時是可以包容「朱門酒肉臭，路有凍屍骨」這樣極具揭示和批判意義的作品的。那時候可以包容《茅屋為秋風所破歌》這樣的作品存在的。而今天，卻連膚淺、娛樂那樣的《蝸居》都會被禁止。我們總是忘不了那些悲苦、淒寒的「邊塞詩」，然從今天的角度去理解，所謂偉大的邊塞詩中，大都深含着偉大的反戰思想與和平主義、人道主義的精神。可今天，在戰爭文學中，除了不切實際的抗日題材，幾乎一切現代的戰爭，如上世紀的抗美援越、中印戰爭、抗美援朝和發生自 1979 年長達七八年、斷續相接的「中越邊境自衛反擊戰」等，卻是不能予以描繪和思考追究的。這就是包容和狹隘的文學環境。是狹隘對包容的抹殺和佔有，是權力的行政手段對文學自由的奸謀。

　　誠實而言，今天的文學文化環境，最重要的缺憾就是政策和權力對「異端的作家和作品」缺少包容性。一個對文化沒有包容的時代，是不能被稱作偉大時代的。不久前，新升任的習近平總書記說：「我們黨要允許尖銳的批

評。」這句話落實到文藝、文學界，就是你可以不贊成異端、異己的作家和作品，但要允許他的存在和問世。

「我不贊成你的觀點，但我捍衛你說話的權力。」這是西方新聞界最有份量的思想精髓。挪移到文學界來，其實可以這樣去說：我不認為它是好的作品，但它應該有存在問世的權力。換句話說，就是「我要以我的包容，戰勝我所反對的一切。」

文學到底有沒有敵人？
我們為什麼要在文學中製造階級和敵人？

王堯：這就形成了一個很有意思的現象，在文學創作上似乎很難建立「統一戰線」。當年有一個著名的語錄，據說是康生寫的一段話，毛主席在會議上讀了。這個語錄的大致意思是：利用小說進行反黨，是一大發明創造。凡是一個階級推翻另一個階級總要先造輿論，無產階級是這樣，資產階級也是這樣。我想，現在想利用小說反黨反社會主義的作家恐怕沒有了。作家是在寫小說，不是在做政治動員。如果一個小說家確實是想這樣利用小說，那麼他的小說也不是文學藝術了。是另外一回事。一部好的作品總是在現實之外建立另一個世界，如果文本建構起來的世界和現實一致，文學的意義也就失去了，這是常識。而

只要是一個優秀的小說家，他對現實幾乎是持批判態度的，他的作品也幾乎是和現實構成緊張關係的。但這不是「反」，也不是「推翻」。如果能夠包容，能夠容許發出不同的聲音，這個體制其實會更強大，更自信。所以，我和你有相同的感受，不理解為什麼要通過批判、禁止或者排斥，人為地製造對立面或者敵人？

閻連科：作家可以有對手和敵人，而好的、偉大的作品的對面，決然沒有敵人的存在。作品只有讀者，而沒有敵人，這是最起碼的常識。如你所說，沒有作家會利用小說反黨、反社會。但作家必然會把對文學、世界的看法帶到寫作中。斯托夫人（Harriet Stowe）的《湯姆叔叔的小屋》（*Uncle Tom's Cabin*），在 1852 年出版之後，曾在美國引起一場偉大的黑人運動；幾乎是這部小說，引發了美國的南北戰爭。屠格涅夫（Ivan Turgenev）的《父與子》（*Fathers and Sons*），當年在彼得堡引起經久不衰的左派與右派的論爭之戰，上街遊行的隊伍和打、砸、燒的情況，在一年多的時間內，不停不斷；中國的小說《青春之歌》，當年所引起的青春風潮和熱情，也如同一場暴風驟雨；還有劉心武的《班主任》，今天五十歲以上的讀者都還記憶猶新，因為那時的閱讀，竟在社會上刮起了要求革新、變革的革命風潮，如同秋日間的心靈旋風。但是，在今天的中國社會，再也不會發生那樣的事情了。因為時代從一個階級時代、

革命時代進入到了一個經濟的時代、開放的時代和人心求穩的時代。

時代向前了。

時代也相對成熟了。

一部小說掀起一場革命和階級風浪的可能，必須是在階級矛盾尖銳到不可調和的時期，而這部小說又剛好直面地描繪着這種不可調和的矛盾。今天的社會矛盾，還沒有達到各種矛盾尖銳對到不可調和的懸崖，充其量也就是階層的裂變正朝向階層的壑溝推進和擴展。而人們對革命所致災難的警惕和教訓，也遠比那些擔心革命的人更為清醒和明白。再者，作家們對文學的追求，是從人和靈魂中表達着作家對文學的熱愛和人的心靈、情感複雜性的絲縷刻寫，而非權利機制擔心的革命和階級。

我以為，現在的情況是這樣：作家幾乎所有的寫作都是在表達他們對人在現代社會中存在的尷尬之境遇。而那些本不用卻又存在的對文學施行管理的單位、機構和權利機制，卻又完全以一貫之地對文學保有階級性的警惕，採用革命或包含革命性質的分析方法來閱讀小說，觀看影視。他們除了階級和革命的方法，再也不會用另外一種目光看待文學，於是就在小說的字、詞、情節與細節中，牽強附會地分析、誇大、想像出文學作品的革命性或反革命性。在他們的分析中，文學就又回歸到了革命和反革命的

軌道上。文學就又回到了上世紀中葉的左、中、右的方法論的篩濾過程裏。

　　左的是好的，是要大力鼓勵的；中間的是可以包容的；而右的，就是反對、反動的，是對手、敵人的。當文學有左右之分時，文學就有敵我了，就又重新回到了階級論的牢籠裏。這是一種在現代社會認識文學近乎蠢笨的方法。可這種方法和認識論，卻長期地被那些文學管理機構機械、懶惰地使用着，它嚴重地傷害着文學的發展，人為地在製造反對者、對手或敵人。一如一個身經百戰的將軍，沒有戰爭，他無法生存，也無法顯示他存在的意義。如此，他就人為地製造邊境矛盾或內亂，製造、誇大戰爭的可能性，借此以證明他存在的意義和必要性。還如一個反扒高手，當社會秩序良好到真正無偷無搶時，反扒沒有意義時，他就把在路邊撿了一枚硬幣還沒來及上交的撿拾者抓起送到局子裏，以此顯示他的警惕性和高明性；而這位到了局子的撿拾者，在局子裏有口難辯，受到了重重不公，從局子裏出來就對反扒和局子耿耿於懷了；而反扒高手和局子，也就真正有了對手了、敵人了。這對手和敵人，又反過來正中下懷地證明着反扒和局子存在的必要性和重要性。——這也就是我們今天的文學管理機構的所做和所為。因為沒有對手和敵人，就沒有我的存在之必要。

所以，就要在沒有對手、敵人時，人為地製造出對手和敵人來。

你能直言作家協會解散或
存在的必要性與意義嗎？

王堯：你多次談到文學與文化的權利管理機構這一概念，具體到文學，這一具體的管理機構就是作家協會。最近幾年，無論是公開的媒體，還是文壇的私下，都不斷看到、聽到解散作協的報道和討論，你作為中國最重要的作家之一，能直言作家協會存在或解散的必要和意義嗎？

閻連科：希望這一的問答不是一個你我盲眼深跳的陷井，也希望我們坦誠的討論，能夠得到所有作家協會的同仁、朋友的寬容與諒解。更希望所有關心、熱愛文學的讀者，能恕我直言，不隱不晦。首先我認為，解散不解散作家協會，大家不要把這個問題簡單化。作家協會的解散或存在，不是以文化民眾的討論定論的，作協不會因為我們有這樣的討論而消失，也不會因為對我們這個問題的回避而存在。它的消失與存在，都無關我們這樣的討論和意義。但要看得到，可以把這個問題領出來討論之本身，就有非凡的文化意義和信息，至少它表達了文化與文化界在

中國現實面前的自由、寬鬆與包容；表達了中國作協這個特殊的「另類機構」——作家集散地的美好氛圍和言說自由那迦南美地的奶與蜜，如果它連這種討論也不允許，那也就是說真的沒有存在的意義了。

第一，我們首先要想到中國作家協會和各省市，縣區的相應機構，在中國的體制中，不是獨立存在的，即便它如有的作家形容的樣，作協是國家建制身上的一個龐大、多餘的瘤，是作家頭腦中的一顆惡性瘤，那麼，是瘤它就是和肌體連在一起的，是惡性腫瘤它也已經成為了這軀不健康肌體的一部分。無論它是群眾團體也好，是以群眾團體的名譽存在的文化、文學的權力機構也罷，我們都要意識到，他是這個國家建制的一部分，是國家機構——一個至上而下對文學和文學的意識形態監管梳理的一個的派出機構，就像文學隊伍的公安局和派出所。但它不是以破案抓人為正任存在的，而是以對文學的意識進行看管梳理為己任。當我們說我們的國家是「具有中國特色的社會主義」時，作協的存在，就最體現這個社會主義特色了——畢竟，這種國有官辦性質的作家協會，確實在全世界只有社會主義國家才存在。要想到，解散中國作家協會及這一體系上的大小機構，其實質是去消文學的社會主義特色。從這個意義上去說，誰能解散這一機構呢？誰有權力解散這一機構呢？這一國家正部級的單位，當它有一天從我們

的文化生活中消失或性質改變時，它意味着什麼呢？哪能是簡單意味着這一單位、機構、建制的存在不存在？而是意味着國家的體制和性質之變化。

所以，我們只把這一問題奢求在討論層面上，而非有一天的事實上。

第二，從討論層面的意義去談中國作協及它這一相應機構的存在必須和消失意義說，我們要看文學的意義是什麼。長期以來，我們的文學奉行的是為政治服務這一方針。文學是革命和所謂健康文化的一部分。就現在，不再說文學為政治服務了，而換說是提倡主旋律，要追求文學作品的正能量。什麼是主旋律？什麼是正能量？說到底這種說法還是文學為政治服務的延續和延展，是在換湯不換藥的情況下，讓湯水比早先更多些，讓那更多的湯水把那濃藥稀釋化開來，不要那包濃藥有那麼集中、鮮明的猛烈性。讓那湯水中更有包容性。但從根本上說，主旋律和正能量，還是要為政治和政治統領下的社會生活服務的。如果文學的目的是這些，那當然作家協會的存在是必要的，是有意義或巨大意義的，是決然不能解散的。過去的文學史和作家的文學生活史，已經證明了這一點，就是只要有革命的存在，就需要有革命文學的存在；只要社會生活需要革命的文學，作家協會的就應該存在，就有它存在的必要性。說到底，作家協會是正統革命文學的生產源，是這

種文學創作和生產合理性、合法性的法律制定者和爭議的律法的解釋者。

第三，當文學的目的不再是在為了豐富人民群眾文化生活的說辭下為了集體和社會的革命與政治，而是為了文學存在的本身時，是為了人的情感存在和作家本人的文化心肌時，是為了作家靈魂面對現實、社會、世界等萬事萬物的個人化的歡樂、苦痛、憂鬱的美或扭曲的喃喃自語時，那麼，文學的目的就從集體、社會的要求中跳脫出來了，而成為了一種個人、個體、獨立的勞動和創造，他就不再需要他人、機構、政策的指導和引導。那麼，作家協會對作家、寫作領導、指導的意義也就消失了，自然這一機構也就沒有存在的必要了。

最後，要說的是，今天許多作家個人寫作的目的是常常和作協對文學的管理與規整的目的混合交叉的，不分AB的。而作協這一機構，它既有行政管理的武斷性，又有許多真內行、真專家對文學理解的科學性和真熾性。作協對文學的意義，作協有沒有存在的必要，我以為，它在已經成為國家權力機制不可分的一部分時，在誰都沒有能力、不敢也不會把它解散消失在文化生活中的情況下，那就讓它如國家機關樣存在着，就把它視為國家機關必不可少的一部分，視為一部分在職人員就業必須的崗位和領薪養家的工作站。

如果一定要明確回答作協到底有沒有存在之必要，如果能夠天真的嘗試，可以用半年、一年、二年的時間來實驗和實踐。比如說，在一定時間內，讓中國作協完全不給作家和下屬的各作家協會發一次文件，開一次會議，不做任何的所謂指導和指示，在這個比如一年或二年的期限內，如果文學還是在正常、健康的發展和創造，作家還是一如既往地進行寫作與創造，那麼，就證明這個機構是沒有存在必要的，可以消失的。如果因為缺少了作協管理、指導和指示，文壇塌天了，文學混亂了，作家再也創造不出有意義的作品了，那麼，作協這一對作家和文學的管理機構就是必須存在的，有無可替代的存在意義的。

說到作協的機制和存在或解散的必要性，我想以北京作家協會為例。2004 年我從部隊轉業到北京作家協會，在那兒做了三年多的專業作家，深有體會的感受到，那時的北京作協，是小機關，大工作。北京作協作為作家的管理機構可以說，他們幾乎全部的工作，都是為了讓作家更安心、更自由的創作和生活。他們一共幾個人，都千方百計為數十個作家的寫本努力和服務；為保護作家的創作自由做了許多工作和努力；為沒有時間和經濟保障的作家創造條件和奔波，使他們有時間和保障來寫出他們的作品來。中國作協和全國所有的作協機關，如果都可以像那時的北京作協，轉變作協對作家寫作的管理性質和職能，那這個

作協不僅不能解散，而且是該永久存在並擴大的。反之，果真解散讓它從文學生活中消失掉，即便不是對文學更有利，但也一定是對文學和社會文化生活無所傷害的。

應當拒絕怎樣的政治，應當書寫怎樣的政治

王堯：文學深刻的變化，包括重新處理了文學與政治的關係，放棄「文藝為政治服務」、「文藝是階級鬥爭的工具」這些提法。在1979年前後，圍繞是否放棄「文藝為政治服務」的口號，文藝界是有爭議的。包括為開創新時期文學做出卓越貢獻的周揚在當初都有些猶豫，在第四次文代會結束以後，周揚還寫過一些文章，一方面強調文藝不能為政治服務，另一方面又強調文藝不能離開政治。這就是從「政治化」到「去政治化」的過程。前些年，許多批評家理論家反思「純文學」思潮，又提出了「再政治化」的問題。對此，我是比較謹慎的，我覺得「文革」結束以後的「去政治化」主要是針對極左政治對文藝的控制而言的，如果沒有這樣的「去政治化」，也就沒有文學回到自身的歷程。但現在，確實面臨不能簡單化地處理文學與政治關係的問題。在文藝不再為政治服務的前提下，文學應當拒絕什麼樣的政治，又應當書寫什麼樣的政治？

閻連科：在中國，文學想要擺脫政治，就如同牌坊想要擺脫婊子，政治想要拉住文學，就如同婊子最想擁有牌坊。牌坊與婊子，這是多麼不同的兩件事情，但在中國，卻往往是一件，是一樁，是一堆分不開的亂麻。宋朝時期的著名妓女李師師，無論如何說，也是婊子妓女一類的人，但卻因為她和皇帝宋徽宗，和反皇帝的起義首領宋江都有瓜葛之來往、肉體之關係，她的形象就不僅再是單純的妓女婊子了。這就是文學與政治的關係，扯不斷，理還亂。可二者硬要快刀斬亂麻，從中理出一個頭緒來，那就是文學就是文學，政治就是政治；但文學無法擺脫政治，而清明的政治又可以助陣文學的發展。正因為這樣，在一個政治大於、高於並統領一切的國度，文學與作家想要徹底擺脫政治，這是幼稚而浪漫的想法。以沈從文和汪曾祺為例，無論沈從文的《邊城》還是《長河》，與其說他的作品中沒有政治，不如說他的作品寫了如何擺脫政治。汪曾祺的《受戒》、《大淖紀事》等作品，在讀者中有口皆碑，以三幾短篇而立於文壇的峰位。《受戒》和《大淖紀事》真的就是這樣可謂中國文學幾十年的峰位之作嗎？也有許多人有不同的看法。但我們必須承認，他這種別樣的寫作經驗，比如說對政治的疏離，確實為我們每個人的寫作都提供了可資借鑒的經驗。

應該説，我們不能籠統地認為遠離政治的寫作，就是好作品。將話反過來，我們也不能籠統的認為，容納了政治寫作的作家，就是壞作家。如魯迅、蕭紅、郁達夫、巴金、老舍和曹禺等。在他們一生的寫作中，都以各種各樣的方式表達着人、生活、寫作和政治那糾纏不清的關係。十九世紀，世界上偉大的作家，無不在自己的作品中表達着人和政治的脱不開的關係。《復活》（*Resurrection*）、《罪與罰》（*Crime and Punishment*）、《父與子》、《孤星淚》、《鐘樓駝俠》、《公務員》（*The Government Clerks*）、《紅與黑》（*The Red and the Black*）、《包法利夫人》等，偉大的作品，必然是在不逃離現實（包含政治的現實）的境況下，寫出了現實、政治與人、與文學的那種最為特殊的關係。文學拒絕政治，拒絕的是那些政治對文學的干預、左右和掌控；文學拒絕政治，拒絕的是某些作家利用文學所從事的政治。文學可以不書寫政治，但文學如果一味地逃離政治，也會對人、人性和人的生存境遇的認識出現偏差和膚薄。世界上有無數的優秀作品和政治無關，但世界幾乎所有偉大的作家，都不會迴避文學與現實和政治的關係。連《審判》（*The Trial*）這樣的作品，也都以作家個人的方式，書寫了政治與法律對人的蔑視和傷害。

文學在不迴避政治時，如何書寫政治，書寫怎樣的政治，對每個作家都是不同的理解與選擇。但有一點，文學中的政治，一定都是小於人、人性和人的情感及靈魂的，即便是政治在左右着人的命運或說故事的走向時，如《孤星淚》中的冉阿讓，《沒有人寫信的上校》（*No One Writes to the Colonel*）中的老上校，《將軍的迷宮》（*The General in His Labyrinth*）中獨裁者，他們作為文學作品中的人、人物和其心靈與情感，也都是寫作中的首要和第一。

中國文學審查變化研究初探

　　在當代中國文學的出版歷史上，2009 到 2013 年，被忽略的一件往事，異常值得回味和咀嚼。這四年，絕無僅有的每年都有一部被禁的小說悄然而再版。他們分別是賈平凹 1993 年被禁的《廢都》（2009 年作家出版社再版）、莫言 1997 年被禁的《豐乳肥臀》（2012 年作家出版社再版）、河南作家李佩甫 1998 年被禁的《羊的門》（2012 年作家出版社再版）和湖南作家王耀文 2000 年被禁的《國畫》（2010 年百花洲出版社再版）。這四部禁作的解禁與出版，本應引起媒體和讀者的高度關注和討論，但種種原因，結果卻是風雨寧靜，波瀾不驚。為什麼會是這樣境況和結局？一是因為官方不願在社會上形成「解禁」話題的熱議；二是此舉多與作者與出版社的「可信任」相關，而非是文藝政策的重大修正和改變。但所忽略的一個更值得研究的問題是，中國過往的「硬審查」制度，正悄然而有步驟的向「軟審查」的轉化和調整。

　　從硬審查走向軟審查，是今日中國審查制度最大的變化和特色。

所謂硬審查，是在集權、威權對言論、出版、新聞與各種藝術強硬而暴力的審查。所謂軟審查，是由動輒死囚、判刑、改造、流放的暴力審查轉變為某種相對「溫和」、「寬容」的審查。以文學為例，理析這樣一種在硬審查之後、之下的軟審查，將會有一種從深層析解暗黑並展擺於台的明亮感，有一種把模糊和陰暗曬在陽光下的清理和意義。

硬審查中意向化和感覺化的軟審查

　　毫無疑問，硬審查是國家意識形態對文學的審訊。這種審查中的意識形態和法律無關。法律有「言論自由、出版自由」的明文條款，但那些條款，只是供人參觀的展品，是一種虛假和贗制。意識形態在集權和高度集權下，一切都為那個集權服務，是集權的喇叭和聲音，是權力者看不見的手。它在法律之上，又在獨裁與專制之下，一邊為集權吶喊，一邊又對法律進行呵斥和訓誡。法律在意識形態面前，是一件可穿可扔的外衣，需則用之，不需而棄之。它不對法律負有任何責任，只對權力躬身和負責。而這時權力要達到對歷史與現實的修改、遺忘之目的，意識形態就必然對新聞、出版和各種藝術進行規範和硬審查，其全部的努力，就是以篡改歷史、掩蓋真相為目的。

這幾乎是所有集權透過意識形態要完成和抵達的目標和終點。而在這種審查中，文學與藝術，恰是最為核心的一個環節。因為言論和新聞，對社會真實的記憶是直接的、鮮明的，因此這種硬審查的意向也更容易明確和完成。而藝術，當進入歷史與現實記憶的層面時，它是含蓄的、模糊的，曲折而非直接的。它完成記憶是通過故事、人物、象徵、寓意、暗示和聯想，而非新聞那樣的直接和確切。但這種非直接和確切的記憶，在穿越了人的情感、心靈和人性完成之後，卻又往往更為深刻和有力。如《齊瓦哥醫生》對前蘇聯白色恐怖的記憶，《生命中不能承受之輕》對捷克革命歷史的記憶，《動物農莊》和《一九八四》對專制、獨裁有更為真實、長久的揭示和書寫，都在相當程度上，使那種權力必須讓人們遺忘的時間和事件，來得更為深刻和久遠。

這就是藝術的記憶之力，是藝術偉大之所在的一處源頭。所以，各個集權、獨裁的國家和地區，反而會對藝術的硬審查更為嚴密和恐怖，如一篇意義模糊的文章在牽強附會的理解之後會人頭落地（王實味和他的《野百合花》）；一篇有小資情調的小說，作者會遭遇流放和改造（王蒙和《組織部來的年輕人》）。這種嚴密和恐怖的程度，體現着專制的黑暗程度。而今天在中國所不同的是，意識形態對文學的硬審查，並不像對新聞的硬審查那麼鮮

明和確切：一切不利和有損的，都是禁止的。這種粗暴的條律，在對新聞硬審查中清晰得入喉頸上的瘦，然對文學言，除了明令禁止哪些歷史事件和史實可以寫，哪些不可以和完全不可提及外，緣於所謂「改革開放」的姿態和屬性，某種文學創作作為對權力、制度和國家及其執政黨，既無利也無大損的藝術，也漸漸變得可能或可以。因為意識形態要借此向世界展示審查的開明和開放，以證明執政黨的解放性和進步性，並以此來緩解審查給知識分子和作家帶來的無空間壓力和黑暗。所以，意識形態對於文學的審查，在今天的中國，開始由暴力硬審查漸漸轉向為一種「意向審查」和「感覺審查」的軟審查。

軟審查是一種彈性和模糊，它有別於中國文革和前蘇聯的審查清洗，以及今日北韓的極度左傾和高壓下的純粹暴力硬審查。如中宣部和新聞出版總署這樣的國家機關，是制訂和編織意識形態網絡軟審查的初始端。它只在「意向」的大範圍間規定政策，下發文件，除了明確哪些歷史事件可以寫，可以怎樣寫（如文革），哪些歷史事件和現實發生完全不能觸碰和提及（如六•四）外，又在意向、感覺上有了規劃與規定。如有一定揭露、批判意義的「反腐小說」是可以創作和出版的，但寫到執政黨幹部的級別時，卻又有明確的規定和劃分。在「反貪小說」中，執政黨的幹部最高級別一般只允許寫到副省級，而且副省級的

職務最好是副省長，而非副書記，並且整個作品的基調要邪不壓正，故事最終結尾是光明戰勝黑暗等。凡此種種，都是意向和感覺的規定和規則（但今天，所有反腐小說都已不許寫作和出版了，因為雖然邪不壓正，小罵大幫忙，但還是給人們加深了執政黨腐敗的印象和感覺）。還有「主旋律」和「正能量」這樣的宣傳和政策，都是在意向和感受上的審查和推進，是一種含有很大彈性、模糊的軟審查。是在中國三十餘年改革開放後，摸索、改變、制訂出的一套新的更為行之有效的審查方式和手段，是對國民、讀者和作家更為長遠的傷害和審查。

執行審查中軟硬濫權的交替與矛盾

執行審查是一道自上而下的機構、環節和過程。它既是舊有硬審查的延續，又是今日軟審查的開端。在執行審查中，上至中央宣傳部、新聞出版總署等各個與意識形態相關的高層部門，中到各省市的相應機構，下至具體的各出版社和雜誌社等，都是執行與落實文藝政策的具體操施者。無論政策多好或者多不好，都必須有這些執行者推進和落實。一如法律條文生成之後，得有法官落實樣。這些人是文學的執法機構和法官，具體的差別是，在中國，雖然法制鬆疏，但法律條文本身是相對嚴謹的，某罪某法

在想要依法處置時，大體是有法能依、可以對應的。然對文學的審訊與審查，終歸不是罪錯與法文之對應，沒有辯護律師和檢察院對錯罪的辯護和對法院、法官的執行之監督。一切都依着執行者對政策尺度的感覺和良知的深淺而進行。如建國後的反右、大躍進、大煉鋼鐵、大饑謹和十年文革等，這些因革命帶來的國家與人的巨大災難，文藝政策規定是不能描寫、觸碰的，然緣於藝術的必須和一些作家們集體不泯的良知，很多作家都去觸碰了、描寫了、想像了。因為這種觸碰的想像都是「虛構」的，是藝術人物命運的，意在小説創作和人性的，也大都出版發行了。如中國當代文學作品中的《堅硬如水》(閻連科)、《無風之樹》(李鋭)、《啟蒙時代》(王安憶)、《古爐》(賈平凹)、《兄弟•上》(余華)，以及莫言的《生死疲勞》等，都屬硬審查的「觸礁之作」，但它們在審查執行中，都得以出版並有着好評。這就是執行審查中的「軟」——它的柔和性與包容性。但另外一些作品，如《丁莊夢》、《四書》和《往事並不如煙》、《中國農民調查報告》、《墓碑》等，則在出版後被禁或壓根就不予出版，這就是審查執行者的「硬」——嚴苛與強硬之功績。

執行審查的標準，當然是政策。政策規定什麼不能寫，寫了就是違規和犯忌，就必須停印、查封和禁止。但事情卻又往往是，執行者無論是為了頭頂之烏紗，還是為

了對黨忠於和忠誠，再或是感情用事、放大權力，讓本就有着彈性的審查，往往變得擴大化和森嚴化，使中國式運動和革命中以一貫之的擴大化，在審查中變本加厲，吹毛求疵。如衛慧的小說《上海寶貝》和棉棉的《糖》，被查禁的主要原因則不是題材的忌諱，藝術的不規，而是執行者的權力和感情。是聽說這二位作家，在這兩部小說中，彼此為你寫了我的故事、我寫了你的經歷而糾纏，雙方交惡，破口而出，惹怒了某些執行審查的官員，也就禁止了小說，查封、整頓了出版社，從而掀起查禁的風波，讓所有的出版、編輯人員，都噤若寒蟬了。

在審查執行中，權力的濫用是「軟審查」最大的禍根與災難。這種權力使出版者過度緊張，謹小慎微，擴大檢查。濫權與擴大，是今天審查執行環節的兩大特色。前者之心態，是中國所有權力部門的共有，如出版社和出版公司等，本是一種出版企業和基層文化最具體的落實者，而今因濫權的查禁過多，審查過嚴，事無巨細，上至題材寫什麼，下至字詞、句子怎麼寫，都已成為審查執行的必然之環節，因此常有出版社的社長、主編，因為出版被查、被問、被停職和調離等。執行審查中的文化人，因此一做十，十做百；從而這個審查別人也被別人審查的出版機構（企業），成了全民皆兵的審查執行者。一部書稿到來之後，首先考查的不是它的藝術價值和市場價值，而是它是

否敏感，有無風險；作者是否是上邊緊盯的作家，是則嚴之，否則寬之。編輯既是一部書的藝術與市場的判斷者，更是一部書最初原始的審查者。出版社的二審和終審，既是一部書稿的藝術裁判，也是一部書稿的政治審查之警察和法官。而對於有相當藝術價值、又有一定風險的不定之作，則繼續送審，由更高一級部門的新聞出版署或總署來判斷和裁定。於是，一部文藝作品審查的漫漫旅行開始了。其結果，因為藝術與敏感的不定和模糊，被審的結果，不是把風險抹殺在搖籃之中，就是寧可錯殺，決勿放過。如此這般，審查執行者，自上而下、又自下而上的審查網絡形成了。一個審查的金字塔，就在無形中站立起來了。這個塔頂是文藝政策的制定者，中部是審查制度的執行者，塔基是出版機構的每一個編輯們。而渴求出版自由和審查寬鬆的不僅是作家，還有在這執行審查中，有良知和責任的出版者、編輯們。尤其那些既扮演審查角色又有良知的編輯和出版人，他們在矛盾和糾結中工作與努力，一邊不得不延續中國式的硬審查，以免因小失大，掛一漏萬；另一方面，又渴望含有包容性、開放性的軟審查。在這軟審查中，尋找着出版的可能與縫隙，以推動出版市場的運轉和知識分子的內心之安寧；推動硬審查的軟化和出版及言論自由的可能。

軟審查的方法和手段

　　無論如何說，中國隨着時代的改變和推進，不得不從硬審查走向一種軟審查。儘管軟審查和硬審查的目的是完全一致的，都是以掩蓋與欺騙的方法，達到忘卻和製造新記憶、假記憶的結果。但軟審查在行施的手段上，卻更有柔和性和包容性，也更宜被接受和理解，因此它在審查中也更有隱蔽性和欺騙性。

　　在中國，軟審查的主要方法是：

　　一、理論誘導。國家宣傳、文化、出版機構不斷地通過各種會議，下發文件，要求新聞與藝術的主旋律和正能量。組織大批理論人才，從理論上多角度、全方位的詮釋主旋律、正能量對國家、民族的未來意義。使正能量和主旋律有着神聖的國族之大義，處於不倒、不敗的文化、文學的中心地位和道德高地，使全民和絕大多數作家相信，這樣的作品，才是正統偉大的作品。寫這樣作品的作家，也才可能是民族的脊樑，偉大的作家。從而在文學作品中，建立起一個新的文學標準，培養起新的、正面的讀者審美之情趣，使讀者、作家和那些庸眾理論家，也都相信，文學捨離了這條新的標準，就不是好作品。即使它不是壞作品，也一定和偉大、神聖無關聯，一定在三朝兩日間，就被時間和讀者，忘卻和淘汰。

二、獎勵誘惑。當文學作品在審美上有了正能量和負能量的區分，作品的好與壞，就有了刀切的標準和標高。符合了這個標準並在藝術上達到一定標高的，就會得到各種獎勵、鼓舞和掌聲。比如有宣傳部門掌握的「五個一工程獎」，主要獎勵那些在內容與思想都「高、大、上」和「正、紅、光」的小說、電影、電視與紀實和戲劇等。由中國作協組織的最重要的文學獎項「茅盾文學獎」和「魯迅文學獎」，則主要獎勵那些作品在藝術上有良好認可度，而在內容與思想上，最好有正能量、一定沒有所謂負能量的作家和作品。這樣的文學獎或類似之獎項，遍佈中國各省市，哪怕是有一定民間色彩的文學獎項，在設立之初，也必須上報宣傳機構，使上級組織在同意了你的評獎標準和評審辦法後，才可以開始評獎和公佈。因此，這些獎項，其實在最初的設立，就已經被過濾掉了它的民間性，只剩下了它的黨性、政府性和正能量的思想性。

　　除了這些文學獎項對作品帶有過濾、審查的獎勵之外，隨着獎項的獲得，會有大筆的獎金。如茅盾文學獎和電影、電視的「五個一工程獎」，其獎金都在五十萬或百萬之上的人民幣。此外，獲得這樣的獎項後，會有領導接見和表彰，隨之也多有職務的提升和以房子為獎品的地方政府之獎勵（軍隊曾有文件規定，凡獲這些獎項的軍旅作家、藝術家，其職務都應提前進升）。如此，獎勵就成了

對多數寫作者的誘惑。而要獲得這種獎勵，就必然在寫作上以政府和意識形態的要求為準則。這自然也就使此前硬審查的目的，通過今天軟審查的手段而異曲同工，走向了被審查、過濾之結局。

三、對具有獨立意識作家的團結、招安和收編。團結、厚愛、尊重那些具有獨立創造性的作家，本是一個社會文明、進步、現代的一個標誌。任何一個文明、現代的國家，必然都會對其本國有創作性的作家、藝術家予以最大的尊重和厚愛，以他們的存在為榮譽和驕傲。但是，在中國，這種尊重、厚愛和團結，卻成了招安的手段。以中國作協和地方各省市作協、文聯為例，幾乎所有中國最優秀的作家、藝術家，都是作協、文聯的主席、副主席，還有相當一部分是政協、人大的代表和領導。這是一個極其怪誕、真實的存在。作家因為藝術而知名，因為知名而成為所謂群眾團體、而實為國家機構的作協、文聯的領導人；因為是這樣的領導而又更為知名和擁有更為牢固的名譽、地位和權力。而一個作家、藝術家，要擁有這樣的名、權、利，你在寫作上的獨立性，就必須符合黨的政策和要求，從而你的獨立性，也就曖昧了，減弱了，與權利共謀配合了。而審查，通過這從團結走向招安的方法，也就委婉間接地達到了使這些作家既便不直接去寫那種所謂

的正能量和主旋律，但至少也不去創作那種極度關注人的困境和中國現實的所謂含有負能量的藝術與作品。

四、培養讀者，制約寫作。作家寫什麼樣的作品，當然有作家的內心來決定。但在今天的經濟社會中，也往往有市場和讀者來決定。有什麼樣的作品，就有什麼樣的讀者。反之，有怎樣的讀者，也就可能有怎樣的作家和作品。如此，讀者也就可能成為了作品的間接審查者。由讀者審查作家的寫作，也就成為了中國軟審查最有效的方法之一。

中國的讀者，大都是從四九年新中國成立之後培養起來的，他們天然對「社會主義現實主義」的喜愛是進入骨髓的。課本、報紙、文學讀物等，大一統都是歌德誦聖品，當一個人自小都接受這種單一誦聖閱讀時，他就自然成了去異存同的讀者審查者。而今天，處於改革開放時期的八零、九零後的讀者們，雖然外來讀物的豐富性有了巨大的改善，可他們能夠得到的讀物，卻仍然是經過中國的出版機構和影像審查機構過濾的。所以，這新一代的讀者們，既沒有父輩的革命激情，也沒有真正對世界的疑問與反叛。對物質巨大的認同感，替代了他們對精神巨大的追問和追求。因此，這一代的讀者，既是被書本培養起來的，也是被意識形態間接培養起來的。具體說，是被過濾

和有控制的閱讀與觀看培養起來的。他們極度喜愛的明星式作家（如郭敬明、張佳家等新一代的寫作），都極具「小時代」的特性，而今他們又是中國最主體的讀者群，如此，掌握了這個時代的主體讀者，也就完成了主體讀者對部分作家寫作的擁抱、拋棄的閱讀之過濾，在相當程度上，也就完成了軟審查間接而長遠的過濾和審閱。當作家懷着明確的為讀者寫作的目的時，也就自然接受了讀者頭腦中特定好惡意識的過濾和審查。如今天讀者對充滿戰爭、流血和狹隘的英雄主義、民族主義的電影、電視、小說的喜愛和作家為迎合這種喜愛的寫作，也正是作家對讀者審查的配合與接受。

五、自我審查。國家硬審查以政策大於法律的效應召喚着執行審查的落實與監督，而這種審查執行的歲歲年年，月月日日，因為作家的恐懼與擔憂，也就最終養成作家的自我審查了。如果說執行審查有一種權利性和壓迫性，一個作家的自我審查就有了自覺性、不知性和本能性。

《丁莊夢》是經過自我審查的。許多作家的作品為了出版都是經過自我審查的。自我審查，最大的特點是作家的自覺性和本能性。對於藝術的傷害，自我審查絲毫不亞於硬審查中的刪改和禁止——因為它還沒有出生就被閹割了，還是被你自己閹割的。甚至是在你不知不覺之間閹割的。一如計劃生育中的胎兒，在沒有問世之前就從這個世

界消失了，甚或沒有成為胎兒的生命前，就被作家本能的自覺滅去了。但在軟審查的過程中，自我審查有了很大的改變和變異。硬審查中，自我審查來自恐懼、憂慮和膽怯，它有很大的不願與無奈，既是最終養成了一種不自覺，這種不自覺因來自外部的壓力，也易於因為外部環境與世界的改變而在某一天醒悟和警惕，易於歸回到寫作的本源和內心。但在軟審查的過程中，這種自我審查，則往往是因權、名、利的誘惑，從恐懼、無奈走向了自覺與自願。它的本能性，不僅來自外部數十年在審查中寫作的養成，還來自作家人格自我矮化的內部。硬審查中自我審查多有外部性和壓迫性；而在這近年中國審查制度從硬審查向軟審查的轉化過程中，自我審查則有了自覺性和自願性。相對於硬審查中作家的自我審查，今天軟審查中的自我審查，除怯那種自我審查的習慣性，更多的是作家的奴性和人格文化的卑微性。對於審查者和審查制度言，作家自覺、清醒的自我審查，才是它最根本的目的和最為深層的審查之大果。對於作家與作品，這種自覺、自願的自我審查，則有很大的虛偽性和欺他、自欺性。比如今天中國作家都習慣創作與深刻的現實繞道而行或擦肩而過的「擦邊球」作品，就是這種自我審查的欺人、欺己之創作。而在這種自我審查下，更大的藝術悲劇是，從讀者到作家，從政府到批評家，形成了一種審美共識，即：無傷大雅的

擦邊球，是藝術深刻靈動的境界。這種審美的共識，其實正是政治和意識形態主導的文學奴化、墮落的結晶。

六、有計劃的沉默異作，使其孤立而消失。用可掌控的輿論沉默，使審查遺漏的作品成為沉默之禁，這是今天硬審查的進步和軟審查中最為有效的方法。此前，硬審查中的政策是文責自負，所以有大批的中國知識分子和作家，因為言論、文字而蹲監、流放和人頭落地。但到了中國的改革開放之後，一邊是文字獄的依然存在；另一邊，文責自負的政策，成為了「寫作有自由，出版有紀律」的改進——當審查機構發現有不當的作品問世時，在即刻對其進行查禁外，會對出版機構——而非作者——進行嚴格的審查和處理。《為人民服務》就是典型一例，它在廣州的《花城》雜誌發表後，並未對作者本人進行直接、對應的嚴格處理，但卻對出版社和雜誌社的負責人進行了撤職、罰款和集體記過的嚴懲。如此，在出版機構的嚴格控制和出版者對文字的逐項審查下，今日出版就成了地毯式和拉網式的審查過濾。然而，社會畢竟在進步，市場經濟和銷售利益，加之龐大的出版隊伍中，有着一大批有良知的出版家，那些所謂禁忌不當的作品，也還往往會漏網而面世。而這時——在近年的審查中，一般都不會再明令禁封，處理相關人員，而是採取私下約談、禁止宣傳等神秘和沉默的方法，使那些不當之作的影響和市場，都降到最低點。

《炸裂志》所遭遇的，就是這種軟審查中的沉默法。它在經過一批出版人的盡心努力，出版社和策劃人在出版策略上採取了許多巧妙、應對的方法之後，於 2013 年末終於問世出版，但上級審查機構很快認定此書為不當之作，卻未如往日一樣立刻查禁，而是對內（出版系統）採取再審讀和與出版社約談、招呼等「柔和警告」的方法，而對外（市場與社會），嚴格以神秘的無記錄通知，使各報社、期刊、雜誌和評獎機構，不予評獎和報道。報紙、電視和門戶網站等各種被政府掌控的媒體，對此書進行集體沉默，不予任何宣傳和提及，使其雖然出版，而以沉默使不存在，讓其影響、銷售都降至最小處，以達到不查自查、不禁自禁，自然消失之目的。

　　一部好的文學作品，當然不靠被權利掌控的輿論而存在。但對於很多書寫者而言，這種讓輿論的集體沉默，確實可以達到不禁自禁之效果。這種用沉默來完成的禁止，確也是軟審查、軟禁止的最好方法之一種。

　　軟審查的方法，有諸多路徑和橋樑。相比於粗暴野蠻、完全文字獄式的硬審查，軟審查是一種「開明」與「開放」，而非進步與自由。在當前的中國，並不是實行了軟審查就廢棄、拋棄了硬審查。今天各種各樣柔合、包容的軟審查，都是硬審查的延續和發展，是硬審查的變異和推進。如果作家與知識分子把這種軟審查視為社會進步和言

論、出版自由的成果和終點，那就必然會迎來新的文字獄和硬審查全面的復歸與倒退。應該意識到，軟審查無論怎樣「軟」，都是一種審查的手段和方法，其目的完全與硬審查遺忘欺騙、違造記憶沒有根本的區別和變化。而且軟審查還因為軟的相對包容和柔和，反而在完成審查的過程中，更具有一種虛偽性和欺詐性，更容易使作家有那種寫作的妥協和唯利、唯譽、唯權的自覺與自願。因此，在相當程度上，軟審查表面看是硬審查的妥協或進步，但對文學與作家言，卻因委婉而複雜，因柔和而長遠，是審查制度給文學藝術饋贈的更大的危害和傷害。

對審查的關注，是對文學更深層的一種研究

最好的文學研究，自然是具體的文本研究。但一部作品的產生，則與作家所處的時代、社會、現實乃至作家在創作中的心境和家庭環境都密不可分時 —— 尤其中國的當代文學，每篇、每部都無法逃離意識形態的審查時，選擇對審查制度的研究，將會得到更為特殊、豐富並更有價值的文學研究之成果。

首先，對審查制度的研究，既是對整個文學所處時代的研究。一個時代的文學，為何是這樣而非那樣兒？如一個民族經過了漫長的革命之黑暗，如反右之清洗、所

謂「三年自然災害」三千多萬生命的消失，幾乎等於一場新的世界大戰在那片國土上的展開，加之十年文革給整個世界、人類帶來的災難和影響，至今都還顯著和繼續，可在中國這片有數千年文明歷史和偉大文學傳統的國家，卻沒有產生如《古拉格群島》（*The Gulag Archipelago*）、《齊瓦哥醫生》、《生命中不能承受之輕》、《雪》（*Snow*）和《一九八四》這樣偉大或卓爾不群的作品，甚至連一部《動物農莊》這樣充滿諷刺、寓意、趣味的作品都沒有，這一文學的巨大空白和遺憾，究其根本的緣由在哪兒？而透過對文學審查制度之研究，這一問題，大體就可以有着令人信服的答案與結果。

其次，中國的優秀作家，就其一生論，幾乎沒有不被爭論或禁止過的寫作者。因此，透過對硬審查和軟審查制度的研究，正可獲得對一個被爭論或禁止作家的更深入的認識與分析，由此及彼，也正可得到這位或一批、一代作家寫作的軌跡和變化。無論是藝術變化之本身，還是作家思想與寫作內容之調整，何樣的作家，都沒有從審禁河流走過來的作家留有更多的痕跡和浪花。以上述被禁並獲得再版的四位作家論，可以有趣、有意的探討出一下普遍的文學問題來：

一、為什麼是這四位作家被禁而又得到最高出版權力機構的許可而再版？

二、這些作家被禁以前和以後又都寫了怎樣的作品？以賈平凹為例，《廢都》被禁之後，作家接連寫出了《土門》、《白夜》、《懷念狼》、《高老莊》和《病相報告》等五部長篇，就藝術和思想論，這五部作品都無法和《廢都》與之後的《古爐》、《帶燈》並論和分析。作家為什麼會走出如此漫長的彎道來？而為何在醒悟之後，會寫出更有藝術價值的作品來？以莫言為例，在《豐乳肥臀》被禁之前，他寫出了與中國現實聯繫最為密切的《天堂蒜薹之歌》和《酒國》，而之後的《檀香刑》和《生死疲勞》，則更有歷史性和與現實的距離感。然更值得探討的問題是，莫言在創作歷史題材時，為何會更有才華和創造性？比他面對現實更具想像和藝術之完整？以李佩甫和王耀文為例，小說被禁，則為何就成為了他們一生寫作的藝術之尾聲？

三、回到文本之中，選擇一種爭論、禁止而更有藝術價值的作品去研究，則會從文本中得到更多的藝術信息和思想之暗喻。如《廢都》被禁的緣由與藝術；《四書》根本不予出版的根由與藝術

爭論之分析；《豐乳肥臀》被禁、解禁、與諾獎讚譽的沉浮、經典之過程。凡此種種，都一再證明着，研究中國的審查制度，不僅是對審查制度之研究，更是對作品、作家本身、本質的分析與研究；是對文學更為深入的另外一種研究的新途道。

換言之，對中國文學審查制度的研究，也正是對無不產生在審查制度之下的中國當代文學更為深入、獨到的分析和判斷；乃至說，就是對文學本身產生的深入骨髓的探討和探究。

2016 年秋

困境無盡

　　「困境無盡」——那麼最重要的困境是什麼？這個話題非常大，寬闊無邊，但仔細想想，它也非常具體。

　　最近幾天，來自內地的讀者都知道，這兩天在微博、微信和部分媒體上，大家都能看到陝西漢中的張扣扣，因為母親在二十年前被人殺掉後，兇手被判了死刑。但在四年後，兇手又莫名其妙地被放了出來了，大搖大擺的出現在了村莊裏。而且，之後的十年、二十年，兇手一家，從未到張扣扣家道過一句歉。張扣扣的少年時，母親被活活打死在他眼前。於是，債有頭，冤有主，二十年後，這個孩子長大了，為母報仇，他在某一天又把對方三口殺掉了。事情非常可怕！！但大家都看到在輿論上，人們幾乎一邊倒的稱讚張扣扣是英雄，做得對，殺得好！而這種稱讚，超越了法律和道德，毫無疑問，有着某種不可言明而深刻的指向。

　　第二件事，是雲南綏江縣，有兩個黨員幹部，工作表現非常出色，民意調查中，他們在各自的單位分數都是最高的。這麼好的黨員幹部，當然要提拔。然在提拔過程

中，人家不願當官，拒絕提拔。其結果，不願意當官被提拔，就受了處罰。因為你不願意當官就是不願為人民服務嘛。這是我們特別值得關注和思考的又一件事。

第三件，更值得關注和思考：在江蘇邳州 —— 大家都知道，我們內地最近在轟轟烈烈的進行打黑除惡運動 —— 在這場打黑除惡運動中，邳州抓了兩個人，一個九十一歲，一個八十一歲，是一對老夫妻。因為他們家的土地，有一部分修公路時被佔用了，沒有賠償，他們就不斷到公安系統討個說法，結果就被「打黑除惡」了。

這三件事情，大致情況就是這樣兒。我說的不一定百分百的準確，大家可以回頭去關注媒體的報道。而這兒，我想說的是，這些事情和我們在座的任何人都沒有直接的聯繫，可我們對這些為什麼如此關心、焦慮和不安？因為，你不知道會不會有一天你的生活中也突然發生類似是事。因為，你擔心有一天，你一開門，或正悠閒的走在胡同裏，突然走來兩個警察對你說：

「對不起，請你跟我們走一趟！」

生活是充滿暗流、漩渦的汪洋大海，而每個人都是海面上漂浮不定的一滴水。沒有誰不在孤島上。沒有誰有能力不被暗流和漩渦所撕扯。因此，我們關心現實，就是關心我們自己。也因此，我們要去想這些事情，去焦慮這些事情為什麼會發生，將來還會不會繼續再發生。我們為發

生這些和未來還會發生這些而不安——這就是我們必須面對的生存困境。

這困境是我的，也是在座的和中國老百姓及絕多中國作家和知識分子共有的。生活是一片隨時坍塌的泥石流，而你我，只是山腳下的一把黃土和沙粒。泥石流也許不會從你家房頂漫過去，而你在看着泥石流從你鄰家房頂漫過時，你有多大的定力才可以無動於衷呢？我們的悲哀就是我們良心未泯，良知還在，還有正直心和是非觀。於是，你就不得不日日陷入在日常生活的荒誕困境中不能自拔。忘之則喜，記之則憂。實在說，在今天的中國現實中，最痛苦的是那些還有良知、常識和是非觀的人。良知是無力、無邪的瞳孔，它看到無解的荒誕愈多，他的困境就愈大。而我們大家，恰恰都有一雙無力、無邪而還有良知的瞳孔。

第二個困境，也許是更重要的困境，那就是我們還有一些理想和理性。換句話說，我們不僅有阿Q的精神，我們還有阿Q的理想。大家回溯阿Q的一生，阿Q為什麼會死掉？回讀魯迅先生的《阿Q正傳》，我們就會看到，無論阿Q多麼糟糕、多麼不可愛、多麼荒誕，但他最後被殺頭時，是因為他相信革命黨要來了，革命黨會帶來變化——這一天，是宣統三年九月十四日，晚上的三更四

點，革命黨要來的消息進了未莊。阿 Q 覺得革命黨要來了，一切都可以變好了，所以他也要去參加革命黨。當然，革命黨是什麼性質，阿 Q 是不管的。最重要的一點是，是阿 Q 相信革命黨到來了，一切都會變化，他的人生會在這種變化中愈來愈好。儘管革命黨到來的結果，不外乎是搶啊、砸啊、拿啊——而且正因為這樣，阿 Q 還後悔說，怎麼去搶的、砸的、拿的不是我！諸種原因，故事到這兒，不管阿 Q 這個人怎樣，你會發現阿 Q 的內心是有一點點理想的。有一點狹義、仗義的鬥志。即便被抓了，要殺了，他還覺得「人在天地間，大約本來有時要抓進抓出，有時要在紙上畫圓圈的。」

於是，阿 Q 被殺頭了。

今天，我們人人都認為，阿 Q 的可悲在於他的愚昧、無知、國民性，但我們疏忽了他的那一點可憐的理想。如果阿 Q 沒有寄希望於革命黨到了未莊，未莊必然會有變化的理想，阿 Q 是不會死的。從這兒去分析，其實是理想把阿 Q 送上了斷頭台。而今天，我們的困境不僅是良知還在，良心未泯，而且，我們還有理想。有阿 Q 那樣寄希望變化的理想。我們相信未來；我們相信變化。我們總是把希望寄託在未來可能的變化上。其結果，我們的理想就成了阿 Q 的理想了——這就是我們的一個新困境。我也好，

大家也好，多數作家也好，我們內心都是有着光明的，對世界充滿理想的。如果我們對這個世界徹底絕望了，它愛是什麼樣子就是什麼樣子吧！那我們就沒有這個困境了，我們就可以人生苦短、對酒當歌了。問題就出在這兒，許多中國作家，苦腦也罷，困境也罷，他們內心都還有良知，還相信理想。即便是阿Q式的理想，也還是理想。我們相信世界是有光的，我們相信世界是會變化的。這就形成了一個黑暗的寓言和長久的悖論——我們看見了隧道的盡頭有光亮，可結果，列車出了這個隧道又迅速進了另外一條隧道裏。你知道是隧道就會有盡止，你也知道隧道後邊又是新隧道。我們不是走在無盡無止的一條黑暗隧道裏，我們是走在總能看見光的一條又一條、而不知共有多少條的無數隧道裏。阿Q死前為沒有畫好那個圓圈而懊悔，可畫好了又有什麼意義呢？我們人人都能把那圓畫得和隧道的出口一樣美，可你怎麼知道你畫的是隧道的出口就不是隧道的進口呢？

世界上所有的隧道，不都是既是出口又是進口嗎？

這就是我們理想的悖論和困境。

困境之三，是我們還有愛。而這愛，卻又愛的過於具體和實在。我們做不到大愛無疆。「滾滾長江東逝水，浪花淘盡英雄，是非成敗轉頭空，青山依舊在，幾度夕陽紅。」

明時正德元年，四川才子楊慎殿試第一，那真是春風得意，前程無量，十幾年後，他就擔任翰林院修撰了。可時間來到嘉靖三年（1524年），這時他因罪削官，被發配到雲南充軍，途中遇樵夫在水邊飲酒，而寫下這「人生與國家」相融一體的傑作。《靜靜的頓河》、《戰爭與和平》、《三國演義》等，這些大氣磅礴的史詩，在今天為什麼不能產生？除了歷史、時代的原因，還有就是我們心中有愛而無「江山」了。我們愛生活、愛人，愛一事一物，而不愛大江大河，山川昆侖了。太平洋、大西洋，那些沒有邊際的海，對我們來說，未免太大了，沒有家門口的那條小溪來得更為具體和真切。

我們可以放手長江和黃河，但我們不會放手門前的流水和小路。

我們深愛茅屋，而不詰問江山。

還說明朝的吧。當年朱棣皇帝還在南京時，你會發現那個時候的國家真是昌盛繁華、盛世錦繡，加之鄭和下西洋，讓半個世界都了解了這個盛世偉國。於是，周邊國家就不斷來進貢和朝聖。在永樂六年間，位於菲律賓那兒的蘇祿國、渤泥國和古麻剌郎國，他們的國王先後到了中國後，發現江山如此多嬌，盛世繁華無垠，於是就不想再走了，就死後葬在了中國。蘇祿國王死後葬在德州，渤泥國

王葬在南京，古麻剌郎王，葬在了福建茶園山。這些王，連死後都希望葬在繁華盛世的歷史裏，由此我們可以想像他們對盛世江山的愛有多深。

回頭說我們尊敬的國家領導人和政治家，鄧小平、周恩來、毛澤東等，他們百年之後，也無一葬在出生他們的家鄉和故土。我舉這樣的例子，是說他們大愛無疆——愛江河、愛江山、愛四海。而作家，卻恰恰相反，他們相比之下，愛的小而具體，死後多都希望埋到他的家鄉和故土。我想，這不是安葬地的問題，而是「大愛」與「小愛」的問題。歐洲很多國家都有名人公墓、「玫瑰花園」和教堂，這是許多作家的集體歸宿。儘管這樣，我們還是看到許多作家因為對「某一片偏遠土地」的愛，而死後要歸宿到那一隅偏遠裏去。普希金（Alexander Pushkin）因為祖先埋在家鄉的聖山修道院，他就在遺囑中要求把自己也埋在聖山修道院，要和他的祖先在一起；福克納活着不願離開那郵票寸土的奧克斯福，連去瑞典領獎他都嫌「太遠了」，自然死後更是要埋在奧克斯福了；卡夫卡生在布拉格，也葬在布拉格，遠郊公墓中的墓碑普通到不能再普通，若不是墓碑上寫着卡夫卡的名，沒有人知道那兒躺着的人到底有多偉大，或者多普通；博爾赫斯在布宜諾斯艾利斯的玫瑰公園藏着幾乎讓人找不到。馬奎斯也死在墨西哥，但他死前沒有遺囑說要埋在哪，於是大家從他作品中，尋找和

論證他對哥倫比亞北部他家鄉阿拉卡塔卡的愛，寄希望他葬在哥倫比亞的阿拉卡塔卡。而中國，古代作家交通實在不便不說了。現代作家魯迅是埋在上海的，但那是他愛的地方，也是距他家紹興的不遠處。沈從文埋在他生茲念茲的鳳凰縣；蕭紅死在香港而她對故鄉呼蘭河的愛，不是簡單說魂歸故里就可以解釋她的漂泊心境的。凡此種種，如果我們可以說，人死之所葬之處，必（多）是生之所愛之處──這一生死對應的空間和時間是成立的話，我們就可以比較出作家與政治家的愛是多麼不同了。

作家百年後希望的是魂歸故里，而政治家是為江山所生，為江山所葬。愛江山大河和某一片土地，是兩種根本不同的愛。是廣闊的愛和具體的愛的巨大、鮮明的差別。就是在文學家內部，我們是否也可以說，十九世紀或之前，寫《戰爭與和平》、《靜靜的頓河》、《三國演義》的人，是胸懷江山有「大愛」也有「深愛」的人。而二十世紀的偉大作家們，或多或少，是把這種「愛祖國」「愛江山」的大愛更深、更深地轉移、轉化到了愛具體「人」的「深愛」或「小愛」裏邊了。可是我們呢，比如我，既無愛江山的大愛，也難有愛人之深愛。關於大愛與小愛，在這個轉移和轉化的過程中，我們的深愛到底有多深？你深愛能深過卡夫卡之於格里高爾嗎？能深過卡繆（Albert Camus）之於「局外人」？能深過魯迅之於阿 Q、閏土和孔乙己？

實在說，我確是既無大愛、也難能深愛的人。我全部的愛，也就是在最具體的家鄉那片土地上，在那個村莊和那裏的親人身子上。甚至今天我就開始不斷和我兒子說，我死了無論如何要把我埋在老家那塊土地上，讓我和我的父母、爺爺和奶奶永眠在一起。

有愛非大愛，有愛非深愛——這種愛太拘泥於村莊、街道和一城與一鎮。因此，它也成了我們愛的困境了，使得我們既不能面對巨大的歷史與現實，如索贊尼辛、巴斯特納克那樣因為大愛和深愛而破釜沉舟、肝腦塗地地寫，又不能如盧梭（Jean-Jacques Rousseau）一樣深刻的內省而凝視自己和靈魂。

這就是我們愛的局限和困境。

我們就這樣活着並寫作。

於是，活着成了一種事業，活好成了一種境界。而寫作，只是為了證明你活着、呼吸、還有精神生活的象徵和想像。不靜不動的活着，不死不活的寫作——這就是今天我和一些作家的寫作狀態，是今天活着和寫作的困境。大困境、小困境；看得見的困境，看不見的困境。人不相同，困境不同；職業和環境不同，因此困境的大小、多少也不同，但幾乎沒有無困境的人。在這無盡的困境中，於我而言，談論在困境中活着並寫作，是可以用如下的話語去描述並安慰自己的：

活着如果沒有能力去擁抱大良知，那就不要讓最後的良知從自己內心泯滅掉。

活着如果不能擁有愛祖國、愛江山的大理想，那就如阿 Q 一樣，相信「人生天地間，大約本來有時是要在紙上畫圓圈的。」

活着如果不能像愛生命一樣愛江河，那就愛一事、一物和一片土地、一個村莊和一條溪流吧。因為有愛，終歸比無愛好一些。而這些愛、理想和點滴之良知，如果不能種瓜得瓜一樣把種子落到現實的土壤裏，那就讓它變種、變異而轉化、轉移到寫作裏邊去。

2019 年 7 月 20 日

一個失敗的人

最近，我經歷了這樣一樁事：

10 月 12 日，在中國河南我故鄉的那個村落小院內，細雨霏霏，街道寧靜，我和母親、哥哥在靜謐中安閒地坐着，母親突然說，她想到洛陽的醫院去住住院。在我和哥哥驚怔不解間，邊上多病的大姐解釋道，有時候，人住進醫院反倒踏實些。

於是，儘快安排母親住進了古都洛陽名聞遐邇的人民醫院裏，當天就檢查出母親除了原有難纏的慢阻肺的老病外，還又多出了心衰、房顫和血栓塞等，一個比一個可怕的老年綜合症。母親八十六歲了，常年哮喘和腿腫，生活質量如中國經不起時間檢測的豆渣工程樣。因此間，我和哥哥為這新添的病症而不安，面對迎着母親走來的衰老、荒寒的生命而無奈，因為無奈而讓我再次意識到，人一出生的的確確是朝着生命敗退的方向走去的。生命的敗退註定是所有人的開始和結束，無論你從哪條路上走過去，終點都是一致的。由此在那一瞬間，我意識到作為一個人，

我也是一個相當、相當頹敗荒寒的人。是一個從一出生就註定在各方各面必然失敗的人。一如凱旋和勝利，在有的人是命中註定樣，而失敗，在我也是命中註定的必然之結果。而所謂人生的吃飽穿暖和一個作家的榮譽與地位，只是為了讓你暫時忘卻命運註定失敗而奮鬥不息的鴉片和罌粟花。

　　我開始省思我作為人的一生的得與失，思想宛若一個濾器在過濾一種物質的有用無用樣。透過這個過濾器，一椿一件的事情來到我面前，我才發現在這個世界上，原來我是一個因為失敗而兩手空空的人。年輕時，我曾經幻想有一天，我一定要當官當到縣長、局長、廳長或市長，每咳嗽一聲就有保健醫生跑來為我量體溫。可現在，要去醫院看病時，倘若找不到關係就要兒子半夜三點起床去醫院排隊和掛號。曾經幻想有一天，因為什麼事情可以拍着桌子和領導吵一架，結果領導還因為輸理給我道歉做檢討。然而這樣的事，在我走入社會的四十幾年裏，一次也未曾發生過。而到領導面前道歉的，卻又次次屢屢都是我。幻想有一天，可以揭竿而起，率領眾人在大街上遊行和歡呼，可結果，惟一一次走入街頭參加遊行的，卻是十幾年前，在南韓由我的譯者金泰誠先生陪同我，參加的南韓同性戀遊行和示威，在首爾的街上走了數千米。幻想有

一天，我可以站在真正民主、公正的投票箱前，無論是選舉還是公投或調查，我把自己神聖的一票投進一個箱子的小縫間。而今天，我的生命已經過去了六十年，卻沒有一次站在那樣的箱子前，用我的目光和手指，去打量和觸摸那投票箱的縫口與溫暖。那個箱子的縫口兒，在我就如天堂的窗口樣，遙遠而模糊，只有在夢中我才能看到和觸摸到，而在其餘的任何時間裏，它都是朝我關閉、乃至永遠關閉的，一如《審判》中永遠朝 K 關閉的那道法的門。

我幻想，我可以像十九世紀的狄更斯、雨果、屠格涅夫那樣面對他們所處的世界發聲和歌唱，像二十世紀的海明威、沙特（Jean-Paul Sartre）、卡繆以及後來的美國作家亨利‧米勒（Henry Miller）、約瑟夫‧海勒（Joseph Heller）、傑克‧凱魯亞克（Jack Kerouac）、艾倫‧金斯堡（Allen Ginsberg）、威廉‧柏洛茲（William Burroughs）和拉美詩人聶魯達（Pablo Neruda）、作家阿斯圖里亞斯（Miguel Asturias）、薩拉馬戈（José Saramago）、科塔薩爾（Julio Cortázar）、馬奎斯、富恩斯特（Carlos Fuentes）、略薩（Mario Llosa），以及我所熟悉的同仁朋友以色列作家奧茲（Amos Oz）、英國作家麥克尤恩（Ian McEwan）、日本作家大江健三郎，及我不熟悉的已經離世的美國作家羅斯（Philip Roth）、移居德國的作家萊辛（Gotthold Lessing）、移居法國的作家昆德拉和卡達萊（Ismail Kadare），還有在

世界上動盪漂流的魯西迪（Ahmed Rushdie）及依然活躍寫作的帕慕克（Orhan Pamuk）、庫切（John Coetzee）和諸多諸多的南韓作家樣，以其思想和行動，深度地參與他們所處的世界和現實，那怕有時這種參與是謬誤的，如人們詬病新近因獲諾獎而廣為人知彼得 • 漢德克（Peter Handke），我都以為終歸是一種參與和表達，它勝似於冷漠、沉默和中國式的裝糊塗。

我盛讚一個作家參與其所處世界和現實的舉措及內心，使自己不僅單單是一個仰仗虛構而寫作的人，還是和這個世界有千絲萬縷聯繫的一個人，那怕自己只配有小說家的頭銜，而不配有獨立疑懷、見地的知識分子的稱頌樣，但至少，自己作為生活在現實中的一個人，也是現實中的「活生生」的一個人，而不是荒謬怪誕、繁複雜亂之生活中的行屍走肉或會呼吸的木乃伊。尤其在中國，你要走自己的路，別人卻不讓你穿你自己的鞋；你要唱自己的歌，別人總把他人的曲譜擺在你面前；你要大聲說出自己的話，別人不是去捂你的嘴，就是要把已經寫好的稿子塞進你手裏。在中國長久的歷史裏，權力是每一個人活著的吃飯、穿衣和呼吸。而政治，是現實中民眾碗裏的米，杯裏的茶和嬰兒的奶、老人的藥。一句話，它們是人的活著和存在，是每個人活著的日常之必須。一個人作為作家完全可以超越、脫離政治與權力，但你作為一個人，卻不能

逃離現實、呼吸、飲用、吃飯和穿衣。這就是我們的生存之困境。也正是在這個困境的基礎上，當一個作家作為個體的人的現實呈現時，我主張這個人是「有生命」地活着的，是參與現實生活的；對現實與世界，他如我上述的偉大作家們，是無愧於一個人的活着或一個人在社會現實中的存在與生存。

然而間，當我和上述偉大的作家一道省思——不言文學，只論人的存在時，我知道我在中國是不存在或者幾乎不存在，如同從未出生或早已死過的人。因為在中國，我從無數、無數重大事件中退場了。沉默了。甚至連旁觀者嘰嘰喳喳的嘀咕也被我吞咽到了肚子裏。在時代的重大轉折中，我是一群看客中站在最後一排的人。一如別人在修造或拆毀一列火車的鐵軌時，我遠遠地躲起來，生怕那建造或拆毀的塵灰撲到我面前。無數的中國知識分子在面對時代發出理性、疑懷的疾呼時，我是站着仰望喇叭的那個人。無數的中國百姓在生存的困境中活着扭曲着，他們每天都在遭遇不測的命運打擊時，而我不僅沉默着，還站在岸上望着跌進激流中的微塵之生命，以尋找的目光在等待別人下水搭救後，就以為自己也是參與搭救的英雄和滿身道德的正義者。

我無法説自己虛偽或者不虛偽，但我深知我是生活在現實中的一個懦弱者、旁觀者和沉默者。是一個人的存在

着的失敗者。是活在生活中的死亡者。他的僅有之呼吸，也就是田野的秋天到來時，那個站在荒涼田頭的農人自哀自怨的歎息聲。無意義的歎怨成了他的生命和收穫，也成了他作為一個人的活屍的資本和明證。宛若一年前，我在南韓光州為自由而犧牲的烈士們的「自由廣場」時的沉思後，而自己回到現實裏，仍然是以沉默和兩手空空走在人流中的一個活死人。

我是一個以現實沉默為現實存在的人。

是一個以懦弱應對一切的人。

是一個以歎怨替代舉措的人。

當上個月母親因對自己身體的省查住進醫院而發現自己的諸多病症那一刻，我領悟到了我作為一個人的存在的失敗和虛空。知道了自己是一位活着的死者，是在人流中晃動的一個沒有靈魂的人。我深知，在中國的現實生活裏，自己既沒有唐吉訶德大戰風車的勇氣、力量和毅力，也沒有西西弗斯反覆把滾下的石頭日復一日推向山頂的執着和堅持。比起唐吉訶德和西西弗斯，我更像一個佛教中只會跪下向生活磕頭、祈求的羸弱之信徒，上天是否會給我的命運保佑賜福已經不重要，重要的是上香與磕頭，已經是我活着和生活最重要的一部分，是我的生命之本身，一如棺材是死者存在的本身樣。

確實是這樣。我已經成了那個只會躲在廟裏上香磕頭，而不關心世界上到底有神無神和廟外世界到底是怎樣的上香者。即使廟外的世界絲毫不會因為我的上香而改變，我也還是要日日地如魯迅筆下的祥林嫂樣不停地進廟上香哭喚道：「我單知道下雪的時候野獸在山墺裏沒食吃，會到村裏來；我不知道春天也會有。」

　　這期期哀哀的喚，已經成了祥林嫂活着的證明和本身，一如我面對世界的懦弱、沉默和躲閃，也成了我活着的證明和本身。

　　作為人，祥林嫂的一生是失敗的，也是死亡的。

　　作為人，我的一生也是失敗和死亡的。

　　而作為人，祥林嫂的一生是值得憐憫和同情的；而作為一個人，我的一生是不值得憐憫和同情的。因為祥林嫂是活在一百年前的中國現實中，而我是活在一百年後的中國現實中。歷史各處在自己的篇章裏，一如時代各處在自己的歷史天空下。人與人，都活在各自的時代和現實內。更何況，祥林嫂只是華老拴、阿 Q 和孔乙己的同鄉祥林嫂，而我還是這個時代有頭有臉的寫作者，是那個常被稱為作家的人。

　　這麼說，你作為作家就不是一個失敗者？就不是一個如祥林嫂樣除了哭喚、燒香而一無所有的人？——這是我近年最常想的問題和思忖之存在。作為作家的那個人，

那個叫閻連科的人，我在近年經常站在他的對面質問他，經常和他坐在別無他人的茶室與他聊天、談論、爭辯和爭吵。閻連科對面的那個閻連科，不斷地質問着這個閻連科：你的寫作到底有什麼意義呢？你寫出了無愧於藝術、審美和時間的文學作品嗎？寫出了那些作品怎麼樣？沒有寫出來，那些作品又是怎麼樣？諸如此類的問題和疑惑，一個接一個，一問逼一問，那個閻連科不斷地質疑這個閻連科，他們的爭吵像雙胞胎的兄弟打架樣，彼此藐視一個人，而實則是兩個完全不同的思想、靈魂在辯論、爭執和動武。而最終，站在閻連科對面的那個閻連科，身處上風了，戰勝了另外一個閻連科。那戰勝這個閻連科的方法很簡單，就是在他們彼此爭吵到不可開交時，那個閻連科，在這個閻連科陪同母親住院的病房裏，在他母親的病床邊，在世界寧靜無比時，他去輕聲質問他，說你如此推崇你上述的那些作為偉大作家而存在的人，可這些人，作為人既有面對世界和他們所處的環境、現實而一生不止的疑問、抗爭和理性、智慧之抗辯，而你作為一個人，面對你所處的世界與現實，又都做過一些什麼呢？有什麼質疑的論說和行動？而作為人的作家存在時，他們又都寫出了獨屬他們個人、語言、民族的偉大之作品，而你又寫出了一些什麼呢？你的作品能和他們相提並論或不差甚遠嗎？

我被那個閻連科在深夜的疑問驚住了，無從所答了。啞然像一把乾澀的沙土堵在我的喉嚨裏。然而那個閻連科，並沒有就此打住他的問，而是更為冷靜、理性的逼近質疑我，說倘若你的作品不能和上述深度參與歷史的作家們比，那麼去和那些疏遠歷史，或說超越了現實與歷史們的作家比較呢？如寫出古代《變形記》（*Metamorphoses*）的奧維德（Ovid），寫出現代《變形記》（*The Metamorphosis*）、《城堡》（*The Castle*）的卡夫卡，以及身處歷史動盪而不得不流亡他國，卻又避開或超越了那些殘酷歷史記憶的納博科夫（Vladimir Nabokov）、布羅茨基（Joseph Brodsky）及上世紀歷史不安中的拉美作家胡安・魯爾福和博爾赫斯等。那個閻連科在深夜站在我面前，他還提到了避開或超越了歷史記憶的日本作家川端康成和中國作家沈從文、蕭紅及張愛玲。他寬容得不讓我和外國作家作比較，只讓我和中國作家去相說，連續不斷地問我道：「你能說你的作品比張愛玲、蕭紅和沈從文的更有審美價值和超越歷史的意義嗎？有？還是沒有呢？你敢於點頭還是搖頭呢？」

那個閻連科的質疑把我逼瘋了。把我逼到絕境了。他不僅使我語塞而且使我臣服心死了。在他離開我之前，他說了最後一句話：「你說過，你一生的努力，都是為了寫出

一本獨屬於你的創造的小說來，那麼這個獨屬於你的創造的小說在你的諸多作品中，它是哪一部或者哪一篇？」

在我長時間的語塞啞然中，問完他久久冷冷盯着我，最後蔑視地一笑走去了——那個總是不時地出現在我面前的另外一個閻連科——他走了，從此把我孤零零的留在了寒冷悠長的疑問裏，就像把我關在了一個黑暗而結實的時間牢籠裏。在那黑暗的籠裏我反覆自省和回想，不得不誠實地面對自己、讀者和你們：我不得不承認，我確實用盡了畢生之努力，都沒有寫出那部完全屬我的獨有創造的小說來。甚至到末了，在今後的日子裏，我也不能保證我可以寫出「獨屬於自己創造」的小說來。

悲哀潮汐一樣捲襲着我。我已經年過六十了，我知道生命在我正快步朝着悲涼和別離的方向靠近着，一如我母親可以預知她的生命疾病樣，我知道我作為一個人，我是一個失敗的人；作為一個寫作者，我是一個失敗了的寫作者。我一生的敬業與努力，都終將換來兩袖之清風，一如我赤條條地來到這個世界上，也將赤條條地離開這個世界樣。

那一夜，在母親的病房裏，我徹夜未眠，異常清醒，待來日母親從窗光裏邊醒來時，她把我叫到床邊說了這樣一句話：「我這一生活得值了呢，」母親說，「你父親走得

早，他把所有的福氣都留給了我，讓我們一家因為你的寫作少災少難、吃穿不愁了。」

說着這些話，母親的臉上露出了欣慰的笑。

我的臉上也露出了欣慰的笑。

然在這笑之後，我仍然覺得我是一個失敗的人。一無所有的人。一如一個守着吃不完的糧囤卻總是歎息自己一生未曾讀書、一字不識的農人樣。因為我知道，我活着不僅僅是一個為了吃飽穿暖的人，不是一頭吃飽就睡的豬。是這樣——我確實是這樣一個充滿矛盾和神經質的人。實事求是地說，我在中國的北京有房住，有飯吃，有穩定的工作和收入，然當我想到我作為人的貧窮時，想到終生努力，從不懈怠地讀書和寫作，無論它出版或者不出版，無論這些作品有什麼樣的好運或噩運，當我想到我畢生努力都沒有寫出那部「獨屬」我的創造的作品時，雙重的失敗和人生之悲涼，就會席捲我的胸腔和周身，寒冷的襲來如傷寒症樣讓我的靈魂打擺子。

現在，我母親的疾病已經得到緩解出院了。

現在，我靈魂的擺子也已經打得沒有那麼急速頻繁了。因為我已經接受了「我是一個失敗的人」這個命定的事。而且，往生活的俗處說，因為我的寫作，我們一家「吃穿不愁」了，這也是對我寫作的一種最大之回報。更何

況母親生病住院，又讓我明白了一場「人一出生就是朝死亡行走」的那殘酷的真實和存在。且還因為這存在，也才顯出我們從出生至死亡到來那一刻，期間我們每一天的活着才是價值和意義。由此論及到寫作去，果真一生的寫作都是失敗又有什麼可怕呢？如同人一出生就必朝死亡走去樣，這個「走」，不就是一種意義嗎？不就是一場生命的征戰和論辯嗎？哪怕註定寫作是失敗的，是百分百的失敗的，我也還是要一天天地寫下去，朝着「最大限度的獨有創造」的方向走過去，哪怕每一部作品都在反覆證明寫作的失敗和無意義。

有人活着，就是為了證明生命的無意義，一如有人活着就是為了證明生命的意義樣。

有人寫作，就是為了證明寫作的無意義，一如天才一落筆，就是為了證明寫作的意義樣。

在這二者間，我接受前者之命定。我承認我是一個失敗的人。我接受我的寫作就是為了反覆證明失敗之結果。如同無數人和無數偉大作家都用價值來證明自己的偉大存在樣。那麼就讓我，用無價值、無意義和失敗來證明我的活着和生命與藝術的煙消雲散吧。

2019 年 10 月 18 日，北京